今日的我，是過去每一個我的累積。
而愛過的人，受過的傷，使我失去了再愛一次的勇氣。

再說一次，我愛你

OL心聲代言人
雪倫

編輯的話

每收到雪倫寄來新的書稿，總忍不住在第一時間打開檔案，然後一頁一頁停不下來的閱讀著，非得一口氣讀到最後。直到「全文完」三個字在眼前出現，感覺就像經歷過一場精彩的旅程，心裡留下的感受往往是「痛快」。

這次也沒有例外。看著曾做為出現在雪倫其他作品，那位神祕優雅的咖啡店老闆娘培秀，如今在這個屬於她的故事裡，驚濤駭浪的一路走過自己的人生。她來自哪裡，為何隻身一人，如何愛過、痛過，而成了今日的李培秀，最後又將情歸何處。終於，都在這回的小說中揭開面紗。

該怎麼形容我對《再說一次，我愛你》的喜歡，以及希望和大家分享每一個感觸的心情，我想，任何文字都是多餘。就如雪倫寫下的每一個故事，當我們讀完，它總會將深深留存在我們心中。

第一章　愛，是一灘心如止水。

「妳為什麼不談戀愛？」阿紫奶奶坐在吧台前喝著咖啡，咄咄逼人，逼著我。

但我回頭笑笑，維持我幾年來如一的溫柔形象說：「因為談過了。」

「談過了，但妳沒有結婚啊。」阿紫奶奶不服氣。

我繼續笑笑，「我結過了。」

阿紫奶奶用力一拍，我聽見咖啡杯底和盤子的碰撞聲，略算一下，這大概是這幾年來第三百八十五個被阿紫奶奶磕傷的咖啡杯。沒關係，反正可以抵房租，我也是樂意的。

「不准妳笑。」但阿紫奶奶不高興了，「誰說妳可以笑？最討厭看妳笑，仗著自己笑起來好看了不起啊？最討厭妳這沒脾氣的只會笑。樓上那三個還會偶爾跟我頂頂嘴，耍耍性子，就妳怎樣都無動於衷！張嘴就是笑，以為我不敢打妳嗎？我要動手了喔！」

阿紫奶奶氣得走進吧台，伸手想要打我。

我還是只能笑笑，「沒關係，妳是阿紫奶奶，想打就打吧。」

阿紫奶奶一瞪，眼見真的想打我，後來又氣得放下手，「算了，我打我自己！」

阿紫奶奶說完，真的往自己臉上一打，雖然是輕輕的，我還是嚇了一跳。她又氣得直吼我，「妳就是都用這種招，讓我拿妳沒轍！這年紀了，樓上三個都已經有男友了，海若也要結婚了，整棟銀河大樓，我那二樓的聯誼所客戶不算，就妳！就妳！大齡剩女！妳不談戀愛、不結婚，我以後怎麼辦？」

我一愣，「那也是我該問怎麼辦，怎麼會是妳啊，阿紫奶奶？」

阿紫奶奶突然像嘴巴塞了東西，說不出話來，「妳、妳……幾年前來租我這棟樓，就跟我女兒一樣，我不能擔心妳嗎？」

我笑了笑，「謝謝阿紫奶奶，可是妳以前不會這麼擔心，現在突然照三餐關心我，是發生什麼事了嗎？」

「哪有什麼事，就怕妳自己一個人過越久，就越不想談戀愛。妳算算都單身六年了啊，妳是有幾個六年可以浪費？」

「只要自己過得好，就不算浪費。」我說。

「妳過得好嗎？」她問。

「我過得不好嗎？」我反問。

阿紫奶奶的易怒開關好像又開了，「不跟妳說了，省得我氣死，妳就是隻笑面虎！」她氣得拿起咖啡當酒喝。希望她可以醉個三天三夜，這樣我和整棟銀河大樓的人，耳朵都會舒服一些。

過去，我是多麼不相信命運的人。但後來，我開始認命了。而所謂的認命，不過就是認了老天爺給我的磨難和痛苦，我就是註定要承受那些悲傷，逃不掉也避不了，我只能接受，然後笑著承受。

我其實忘了六年前的那天我是怎麼來到這裡的，我什麼都沒有帶，不知道在這個城市裡走了多久。直到停在這棟老舊大樓前，看見阿紫奶奶走了出來，站到我面前，直接問我，「妳想做生意嗎？我這棟樓便宜，看妳能出多少租金，都可以商量。」

「可是，我沒錢。」我說，我身上值錢的頂多脖子上那條項鍊。但是我不會賣，那是我人生最大的一個挫折，我得留下來，隨時警惕自己，那段時間我過得多悲哀。

「妳叫什麼名字？」阿紫奶奶問。

「李蓓秀。」我說。

「怎麼寫？」阿紫奶奶又問。

「木子李，蓓蕾的蓓……」喃喃說到一半，我頓時回神，重新介紹自己，「不對，是木子李，培養的培，秀氣的秀。」我不再是李蓓秀，那個像是溫室裡小花小草的我，已經在那一天夭折，我不會再是小花小草，我會培養我自己，重新當個人。

我一說完，阿紫奶奶馬上二話不說，「李培秀！好，我把一樓租給妳。」

我一愣，又反問一次，「可是我說了，我沒錢。」我怕她年紀大，聽不清楚我的話，我便再說了一次，還說得更大聲。

沒想到她又繼續回應我，「我知道啊，我說我租給妳啊。」阿紫奶奶那時就這麼灑脫，她那樣子，就好像我開口跟她借了一塊錢，那麼不痛不癢。我看著阿紫奶奶的臉，然後我突然笑了，就這麼一直笑著。

「笑什麼？」阿紫奶奶有點火氣的說。

我擦了擦眼角擠出的眼淚，「我只是開心。因為我沒想到，原來，離開會看到另一個世界。」

「什麼世界？平行世界？第三世界？不要跟我講這麼多，租不租啦？」阿紫奶奶不耐煩的問。

我看著阿紫奶奶，微笑點頭，「租，當然租。」

於是從那天開始，我做著沒本生意。咖啡店第一年的生意還行，一切打平，我就領著底薪。不知道的人以為我是老闆娘，但其實，阿紫奶奶才是真正出錢的人。那晚，她說看在我是第一個想租這棟大樓的人，說我慧眼，識她這個英雄，便說一樓直接租我。租金就是不管開什麼店，她永遠吃喝免錢，生財器具由她先出資，等我賺錢再還她。

「怎麼會有這麼好的事？」我很意外。

「有啊，當然有，只要妳活著，再好的事，都能遇見。」那日是我一生中笑得最多的一天，我點頭，但我不需要自己再遇到什麼好事，我只希望，不要再遇到任何壞人。

於是，從那天起，我成了李培秀，一間無名咖啡店的女主人，只會笑，再也不會哭。拋棄所有過去，只等著過接下來的每一天，不期不待，就這麼活到斷氣那天，該有多好。

「妳又笑，是存心把我氣死嗎？」這幾年，沒見阿紫奶奶老多少，倒是吼我、吼樓上三個女人，吼出成績來，肺活量好得不得了。

我笑笑，「好，不笑了，阿紫奶奶，妳等等聯誼所不是還有活動嗎？要不要幫妳準備一些咖啡或點心？」

「不要，妳留著賺錢做生意，單身狗喝水就好。」阿紫奶奶哼了我一聲，「妳別得意得太早，我今年沒把妳嫁出去，我那聯誼所就好關門了。」

「阿紫奶奶，其實妳可以先關了。」我笑笑說，阿紫奶奶又動氣，差點又吼我。但她沒有，大概是懶得吼了。阿紫奶奶一個沒注意，轉身撞上了後頭來的人，我和阿紫奶奶抬頭一看，是昊天。

我同父異母的弟弟。

阿紫奶奶瞪著昊天，「又是你，你不用上班喔？不好好賺錢，是怎麼養得起我們家茉莉？」

昊天一臉沒好氣的表情，回應著，「茉莉自己就很會賺，又不用我養，而且她討厭聽這種話。」

「這棟樓我的，你姊和你女朋友都要看我吃穿，你敢頂嘴？」阿紫奶奶很愛來這招，搞到昊天也麻痺。

「敢。」他一說完，就被揪住耳朵，看他表情，好像有點痛。

不會看臉色，也是一種社交病。

昊天一臉乞求的看著我，認為我這個姊姊會救他，但其實我並沒有打算去救同父異母的弟弟，因為我們感情真的沒有那麼要好。不過，他好像以為我們很要好。他大聲喊著，「姊！」

我笑了笑，「阿紫奶奶，昊天耳朵都要掉了。」

「不聽話，要耳朵幹嘛？」阿紫奶奶說完，又更用力轉了一下才肯放手，昊天的耳朵已經紅得跟辣椒差不多了。

「找我有什麼事？」我問著昊天，他撫著耳朵，表情突然起了變化，變得有點可憐。我開始有點害怕，是不是自己問出了連自己都不會回答的問題。

果真，昊天下一秒就出現，「我媽很想妳。」

我笑笑，「所以呢？」

「她想見妳。」昊天繼續說著，阿紫奶奶在一旁像是在看好戲。

「我正忙著。」我說。

阿紫奶奶馬上搶著回話，「培秀，我可以幫妳顧店。」

「謝謝阿紫奶奶，但我沒有想麻煩妳的意思。」我微笑回應，繼續磨著咖啡豆，想用磨豆機的聲音取代昊天的聲音。

但一切都是徒然，昊天的聲音摻雜著磨豆的聲音，我仍是將他的話聽得清清楚楚，「我媽早上暈倒了，喊的都是妳的名字！」昊天一說完，我也關掉了磨豆機。

深呼吸之後，我仍微笑回應，「我說了，無論如何，我都不會回到那個家裡，就算是經過，我也不願意。」

「姊！」昊天突然很大聲喊我，像是要把我喊回現實一樣。

我看著他，也像是跌進了現實裡。昊天繼續對我說：「還是妳真的想要等我媽死了，妳才願意回去一趟？」

我看著昊天，冷冷說了一句，「你這是情緒勒索？」

他也回了我一句，「要不是妳對我媽也有感情，怎麼會被勒索？」

昊天看著我，打定了我會和他一起回家的念頭，然後，被他矇到了。

我頓時又像跌入了萬丈深淵，什麼話都沒有說，故作冷靜的脫掉了圍裙，對阿紫奶奶說：「阿紫奶奶，那就麻煩妳了，如果妳不想顧，客人都走了，就幫我把店關了吧，謝謝。」她點頭，我向她微笑，率先走出了店內，昊天說對了，我的確還有感情。

而且，是自己都沒有發現的深刻。

坐在昊天的車上，看著窗外風景，我突然轉頭問他，「生在這種家庭，你曾經埋怨過嗎？」

他笑了笑，語氣像是在說別人家的事，「怎麼可能不怨，每天都在想，媽的，我為什麼姓李！但想到妳，想到媽，我又覺得姓李也好像沒什麼不好……姊，妳呢？」

我沒有回答，轉過頭，繼續看著車窗外，看著人來人往，這句問了自己幾十年都沒有答案的問題，昊天卻有，我羨慕起他來。

二十分鐘後，車子就要開進李家大宅，我胸口突然一陣悶，喊了昊天，「停車。」

「妳現在是要反悔嗎？」昊天急問。

我冷冷的看著他，「我只是想用走的，現在是看輕我嗎？」

「弟弟不敢。」昊天還沒說完，我已經下了車，從門口走到主宅，還得花上五分鐘。我曾經的身分，就是許多女孩夢寐以求的千金小姐，不愁吃穿，從沒為錢煩惱過。原以為這樣就是幸福，卻不知道，除了錢以外，我要煩惱的東西更多。

我經過庭院，經過造景，經過眼前的一切，這種熟悉又陌生的感覺，像在吃一碗改良過的泡麵，香味還在，口味卻變了。你吃完，會感到遺憾和惋借，更像是做了一場遙遠的夢，帶著滿身大汗夢醒，有點心悸。

對的，我心跳加快，走在李家大宅內，但頭腦是清醒的。

這裡，再怎麼跟我離開前一樣，都不再是我的家。

「大小姐？」一陣驚呼聲，讓我回頭看著。李家的忠僕阿水嬸就站在我身後，一臉看到鬼的樣子。我笑了笑，完全能夠了解她們的心情，我在這個地方，其實就像鬼，也像是某個人的惡夢。

「我說過了，不用這麼叫我。」我轉頭繼續走。

阿水嬸快步走到我旁邊，低聲說著，「老闆和太太出國去了。」

「太太？」我又笑了，開口糾正了阿水嬸，「阿水嬸，妳喊錯了，是姨太。」阿水嬸一臉尷尬，我再補了一句，「而且，我知道他們不在才來的。妳放心，不會吵架，不會有讓你們掃不完的碎花瓶。」

我繼續往前走，老佣人們見到我都怕我，因為我讓他們收拾了不少殘局。新佣人則好奇地看著我，在這個家像是禁語的三個字，大小姐，活生生站在了他們面前。

昊天站在主宅大門前等我，為我開了門。外頭庭院沒什麼變，裡面客廳倒是變了不少，原本簡單的擺設變得富麗堂皇，一整個俗氣的姨太風格，我笑笑走進，對這一切感到過敏。我打了噴嚏，只想盡快結束這一切。

「夫人房間有改變嗎？」我問，昊天搖了搖頭，我往熟悉的方向走去。

昊天跟在我的身旁問：「姊，妳還叫夫人嗎？」

我笑了笑回應，「不然要叫什麼？」

有很多事是不會改變的，無論過了多久。

我站在夫人的房間門口，昊天正要開門，我突然慌了，喊了他，「等一下！」

昊天愣住，看著有點無措的我，笑了，「李蓓秀回來了？」

我深吸一口氣說：「她回不來了，現在活下去的，只有李培秀。」昊天知道，我從六年前開始，就對外宣稱我叫李培秀了。

我伸手打開門，一直以來，都是我自己開門往外走，或往裡走。

我聞到撲鼻而來的消毒水味，感到詫異，為什麼不是夫人的專屬百合花香，整間房間不再像是房間，而是像病房。我莫名感到憤怒，看到站在窗前背著光的身影，在光線的探照下，瘦得只剩下半個我的夫人，我幾乎無法喘息。

像是察覺到我的注視，夫人緩緩回過頭來。一發現是我，激動得幾乎就要倒下，幸好是昊天搶快扶住了夫人，讓她坐到了窗邊的躺椅上。她好激動好激動，全身都在顫抖，就像快要喘不過氣。

我連忙退後了幾步，甚至想退到門外，她卻虛弱地喊著我，「小秀！」

我只能停下腳步，我想對她說，我已經不小了。但我沒有說，我只能再次邁開腳步，鎮定的走到她面前，這時我才看清楚她的臉。

她早已眼淚流了滿臉，原本氣質清秀的她老了，憔悴了。我以為老的只有我，沒想到她也是。我沒有激動萬分，只覺得她可憐，從我十六歲來到這個家，我就覺得她可憐，如今也是。

她摸著我的臉，一直哭著，沒有人安慰得了她。我想，她不只是因為看到我才哭，還為了「歲月」兩個字而哭。

我伸手輕拍著她，昊天也是。我們沒有人阻止她，夫人的確該哭，這世界上沒有人比她更值得哭。等到她累積的淚水哭完，連半句話都沒有說，就這麼累得睡了過去。昊天喊來特別照顧夫人的佣人，「阿麗！」

阿麗從房門口走進來，第一句話便是，「怎麼又暈倒了？」接著和昊天扶著夫人躺上床。

我走上前，為夫人仔細蓋好被子。昊天擔心的轉頭問我，「姊，妳該不會要走了吧。」

我看著夫人，搖頭，「我會等她醒來。」然後對阿麗說：「幫我拿指甲剪。」阿麗先是愣愣看了我一眼，才出去拿。

我伸出手握著夫人的手，瘦瘦長長的，指甲也過長。昊天見狀，疑惑的說：「媽媽的指甲這麼長，怎麼都沒有剪？」

阿麗走進來，將指甲剪遞給我，問著昊天，「少爺，這小姐是誰？」

昊天有點不開心的說：「我姊。」

阿麗這才上緊發條，趕緊喊著，「大小姐好。」

我冷冷回著，「先出去吧。」阿麗只好先離開。

我開始為睡著的夫人修剪指甲，昊天看著我，一臉感動，「姊，妳回來好不好。」

我抬頭瞪著昊天，他無奈極了，「我知道妳不喜歡，但這裡終究是妳的家啊。」

「不是，這裡才是你的家，請你好好守護你的家。」我邊剪邊說著。

昊天不高興了，他最討厭我說什麼你家我家的，像是小孩子在吵架一樣。但我並不想吵架，只想告訴他事實。而他永遠也都要認清一個事實，他的母親林冬梅才是父親李彥明正娶的太太，而我媽鄭美香只是父親的愛人。

即便鄭美香是李彥明的初戀，卻遭到李彥明的媽，也就是我奶奶反對。不過兩人仍愛得執意，最後生下了我。可惜我不是男的，鄭美香仍進不了李家門，在奶奶的堅持下，父親只能娶了門當戶對的林冬梅，然後買了間金屋，藏著我媽和我。

這整件事，我是在我十六歲的時候才知道。

從小，母親告訴我，父親是在國外工作，半年才能回家一次，也只能住半個月。父親很疼我，把我疼得像公主一樣，母親把我像千金小姐似的培養，我就讀貴族學校，每天學不同的才藝、吃好、用好，母親也像個貴婦人一樣，每天在家裡打扮得漂漂亮亮，坐在客廳裡喝茶吃點心。我和她最近的距離，便是她坐在貴妃椅上，而我坐在貴妃椅旁的鋼琴前，為她彈奏她最愛的土耳其進行曲。

與其說我是她的女兒，我更像是她的作品，擺得上檯面的那種。

我的生活起居全靠佣人阿姨，她們為我簽聯絡簿的次數，比我母親還要多。每當我和佣人阿姨相處融洽，我媽便會找各種理由，為我換另一個阿姨。我年紀小的時候還傻傻相信，但後來我便不信了。

我為何要相信一個和我不親的人說的話？

她不要我和佣人有感情，於是我明白了，不管我有多喜歡這個佣人阿姨，我都要放在心裡。從那天起，不管我多喜歡什麼，我都放在心裡，因為我母親是個掠奪者，專門掠奪我和我父親。

父親回來住的那半個月，我才覺得自己像個正常的小孩，有一個像母親的母親，和一個真正愛我的父親。但後來我也不那麼期待了，因為我知道，那半個月再怎麼快樂，都只是一段短短的旅程，我終究得回到真實人生，就是那間只有我、母親和佣人阿姨的高級公寓。

我曾問父親，「我能跟你去國外嗎？我可以在國外念書。」父親一臉為難，母親則要我別任性，於是我只能把想離家的心情收在心底。

直到十六歲那年，我才知道父親的為難是什麼，就是他有另一個家庭。而我為什麼會知道，是因為那個我從未見過面的奶奶過世了。母親像是變了一個人，不再那樣優雅貴態，她又哭又鬧的，要父親讓我們住進李家。

父親對於母親來說，最大的優點，便是他夠愛她。

於是，在奶奶的告別式隔天，我和母親離開了高級公寓，住進李家大宅。我這才明白，原來母親常掛在嘴邊，說我是千金小姐，這件事是真的。回李家是第一步，接下來，母親要做的第二步，便是成為李夫人。

那一瞬間，我對這個世界感到混亂。

原本的初戀成了小三，原本的元配成了這個家的怨婦。母親甚至開口要我開始學商，好接下李家的事業。媽的，有沒有搞錯啊，我他媽的才十六歲，到底要我怎樣？我開始覺得憤怒，為什麼從沒有人問我願不願意，就要我做這個做那個，就要我接受這個接受那個，我不是人嗎？我不能選擇嗎？

李家大宅成了我的地獄。

尤其是在我母親對著林冬梅冷嘲熱諷時，我才發現，外表再美，要是有一顆醜陋的心，醫美也沒有救。每當我母親對著林冬梅說：「我才是彥明最愛的人。」我從最初的羞愧，轉變成憤怒。期待林冬梅會很火大的賞我母親一巴掌，大聲說出：老娘才是正宮、才是元配！結果，卻每次都落空。

林冬梅的忍氣吞聲，忍到我看不下去，每次吃飯，我不是故意摔碗就是丟碗筷，才能讓我母親閉上嘴。我就是這樣消化不良，半夜才起來吃泡麵。在一次母親又開始對林冬梅說：「勸妳早點和彥明離婚，不要浪費彼此時間，李夫人這三個字，只有我才有資格，是我從一開始就陪著他……」母親巴拉巴拉說著的廢話多到我再也吃不下去，就直接把碗砸到了地上。

碎碗和米飯撒了一地，母親站起來走到我面前，直接給了我一巴掌。林冬梅和十一歲的昊天嚇了一跳，母親則對著我吼，「妳這是什麼意思？每次我說話，妳就撒潑。」

我也是不想再忍了，站起身，冷冷的看著母親，「那妳為什麼每次吃飯，就對著夫人撒潑？」

我又挨了一巴掌，卻一點也不覺得痛，咬牙開口就是想氣死我母親，「妳丟不丟臉？硬要破壞別人家庭，妳到底丟不丟臉？妳不丟臉，我丟臉！」母親氣得要佣人拿掃把來給她，那是第一次我見她拿掃把，不是要掃地，是打我。她狂往我身上打，我倔得一滴淚也沒掉，任由她打。

「妳是我女兒，竟敢對我說這種話，要不是我生妳下來，妳會有今天的好日子過？要不是我什麼事都先為妳打算，妳今天能當上千金小姐？我告訴妳，妳最好給我聽明白，我就是這個家的主人，妳媽我，就是李夫人！」身上的痛，沒有耳朵聽到這些話痛。

我母親在痴人說夢。

我笑了，冷冷看著母親說：「媽，妳只是鄭美香，就算爸先愛了妳又怎樣，他娶的也不是妳，妳永遠只是破壞別人家庭的小三。」

我母親氣瘋了，打得更用力，甚至舉起掃把就要往我頭上砸來。那時候年紀還小的昊天衝了出來拉住了我母親，而林冬梅護住了我。我和我母親都愣住了，我母親瞬間惱羞成怒，把掃把一丟，氣呼呼回房間。

「妳還好嗎？」林冬梅的百合香竄進了我的鼻子，她溫柔的對我說。這樣溫柔的表情，我從未在我母親的臉上看過，我頓時覺得慌，忍痛起身，跑回了房間。那一瞬間，是前所未有的羞愧，我媽打我，該恨我的女人，卻關心了我。

那個晚上，我哭了很久。

才十六歲的我，發現自己的世界是相反的。那種恐懼讓我差一點活不下去，我躲在棉被裡哭，直到有人拉拉我的被子。我嚇了一跳起身，看見林冬梅和昊天在我的床邊，我的眼淚才忘了掉。

昊天端著消夜，對我喊著，「姊姊，吃麵。」

我心裡是感動的，卻說出了傷人的話，「我不是你姊姊，我不要吃。」昊天委屈的把麵放到了一旁，我好抱歉，但我也說不出口。林冬梅嘆了口氣，坐到床邊，拉起我的手看著，我才發現，原來我身上有這麼多傷。

「昊天，你先出去。」林冬梅這麼對昊天說。

昊天一臉的不願意，「我不能留下來嗎？」

林冬梅搖頭，「姊姊身上受了很多傷，我需要幫姊姊擦藥。」

昊天這才點了點頭，「好吧，那我在門口等妳。」林冬梅對昊天微微一笑，這是我第一次看到所謂母親的笑容，我有點羨慕眼前這個十一歲的男孩，他有位愛他的媽媽。

我只有生下我，想控制我的母親。

昊天走了出去，林冬梅則是走到浴室，為我放了水，然後走出來對我說：「衣服脫掉，先洗個澡，妳身上的血漬要先洗掉。」我不肯，但不肯的原因更多是出於不好意思，我沒有接受過這樣的溫柔，很不習慣。

林冬梅見我彆扭，什麼也沒再說，直接走來我面前，打算為我脫衣。第一次我揮開了她的手，她一愣，我也一愣。接著她又伸過手來，幾次之後，我妥協了，我看著眼前的女人，發現自己看輕了她的執著。

她看到我身上的傷痕，吞了吞口水，似乎感到很觸目驚心的說著，「女孩子家，最重要的就是身上別留下任何疤，別和妳媽硬碰硬。」我沒說話，低著頭走進浴室，任由蓮蓬頭的水沖向我。地上的水，有粉紅色的水漬和我的眼淚，被林冬梅關心的感覺，和被佣人阿姨關心的感覺是不一樣的。

我洗好了澡，走出浴室，林冬梅要我躺下，仔仔細細地為我擦著每一道傷口。傷口很痛，心裡卻一點也不痛。擦完藥，林冬梅對我這麼說：「十八個。」

我一臉疑惑看著她，她嘆了口氣，「妳身上的傷口有十八個，我會把藥留下來給妳，妳要好好擦藥，不能留下疤痕，好嗎？」她的聲音像是有一種讓人點頭的魔力，我順從的點了點頭。

她拿了冰敷袋，放到我的臉頰邊，「敷完，把麵吃了，好好照顧自己。」林冬梅給了我一個微笑後，轉身離開。當她開門的那一瞬間，我看到了還等在門外的昊天。

眼淚不自覺滑過我的臉頰，滴到了被我傷口弄髒的棉被上。這天，我頓時有了一種，家的感覺。

從那天起，昊天便在我身旁跟前跟後的，不管我怎麼趕他，他就是不走。我在哪裡，他就在哪裡，很煩，但我心底喜歡。

而從那天起，我再也不在飯桌上吃晚餐，而是每當我放學回家，房間裡就已有了備好的飯菜，不是我母親幫我準備的，是林冬梅。一旁留了張紙條，叮嚀我不能挑食，還交代我記得喝下補湯。

我的房間裡開始出現百合的香氣，衣櫃裡總是偶爾會多出幾件新衣。不是母親選的那種大家閨秀名牌衣，是更適合我這個年紀的服裝。

林冬梅對我的關心，是默默的，為了不讓我的母親發現，免得她又發瘋。

父親的忙碌，讓他很難兼顧到家裡，只要他在家裡，時間便全是讓我母親霸佔了。她要他陪她去看海、去散步、去逛街吃飯，甚至該是元配出席的場合，也都被我母親掠奪。我母親四處以女主人自居，林冬梅從不說什麼也不抱怨，但我知道她很難過，跟我一樣難過。

一日，母親要我準備一起參加宴會，她和父親先去買東西，會有司機回家接我。我點了頭，穿了平價的T恤和牛仔褲出席，見母親一臉想把我吃下去的表情，我覺得開心。當然，席間我也不忘自我介紹，說自己是父親外頭女人的女兒。那頓飯吃到那些政商名流胃痛，母親則是忍著，要回家給我好看。

果然，一回家，衣櫃裡那些林冬梅為我買的衣服，全被剪碎丟掉。我被我母親打得半死，連父親都攔不住。我也從未奢望父親會為我攔住，一個和他結婚生了個兒子的女人，他都未能為她攔下母親的侵略，又怎麼會為我攔下這頓毒打。

「連自己女兒也保護不了嗎？」林冬梅不知道什麼時候出現，冷冷的看著父親說。父親頓時羞愧了，這才有勇氣搶走母親手上的掃把。母親感到更怒，火大吼著，「我教訓自己女兒，干妳什麼事？」林冬梅沒理母親，把我扶了起來，昊天也不知道什麼時候出現，看著我，不停掉著眼淚。

林冬梅想要帶走我，但是母親不肯，吼著，「妳要把我女兒帶去哪？」是父親拉著母親，我才安全離開。

這次我傷得更重，林冬梅為我擦藥時也紅了眼眶，「妳還小，大人的事妳不懂，不要和妳媽媽吵架。」

「我是不懂大人的事，但我懂得是非對錯。」我冷冷說著。

林冬梅好奇的看著我苦笑，「什麼是對？什麼是錯？」

我也看著她，拿出十六歲女孩的無奈，「我媽把我生下來就是錯的了。」

林冬梅眼淚掉了下來，「不可以這麼說，妳和昊天是這個家裡最無辜的人。」

「妳不無辜嗎？」我問。

她愣了一下，搖頭，「不無辜，我明知道妳爸還愛著妳媽，卻仍聽爸媽的話嫁給了他，有什麼好無辜？」

「但爸娶了妳，本來就該對妳負責。」

「但妳媽生下了妳，妳爸也要對她和妳負責。」

我頓時無語，那一刻，我恨自己，為什麼要成為誰的責任？

「妳不要捲進大人的戰爭。」林冬梅說。

我看著她，很想哭，「來不及了，從我生下來的那天開始，就註定會有戰爭了。可是我希望妳贏。」林冬梅露出不可思議的表情。「我不是討厭媽媽才這麼說，我只是覺得她做錯了。」

林冬梅哭了，把我摟進懷裡拍拍，「小秀，不要怪妳媽，她只是太愛妳爸了。妳也不要怪我，失去了妳爸，我也沒有活下去的理由。我沒有什麼要求，就只希望一家和樂，我能留在妳爸身邊就好。真的，妳不要再和妳媽吵架，吃虧的是妳啊。」

我在林冬梅懷裡，明白了我媽能夠登堂入室的原因。都是因為她的隱忍。她的願望就這麼小，只要留在我爸的身旁，而我媽卻是處心積慮想要趕走她，反客為主。

那天起，我成了冬梅的守護者，誰也別想折下她，尤其是我媽。

我開始對我媽視若無睹，我也不再奢望自己能說服她回到那間高級公寓。她忍了十六年，等到奶奶死去，才有辦法進來這個家，她的雄心壯志就是討回屬於她的一切。但她痴心妄想的這一切從未屬於她，我甚至想著，我媽愛的是李彥明，還是李有錢人？

無論如何，我心裡的李夫人永遠只有林冬梅，所以我喊她夫人。

這兩個字隨時都能惹怒母親。但我無所謂，打久了她的手會疲，我會長大，她會老。只要我在的一天，我就不會讓母親害父親和夫人離婚。

這些過去突然竄進我的腦子裡，一想，總是能想好久。一直到昊天喊我，我才能回神，回到了現在。

「姊，我很討厭妳這麼說，什麼我家，這也是妳家啊。」昊天抗議著，我沒理他，這話題只要一打開，他又能吵個沒完。

我繼續為夫人修著指甲，要阿麗去提些水來，想為夫人擦擦手腳。但她提了水來，卻一臉不高興的說：「我早上幫太太擦過了。」

我糾正她，「是夫人，不是太太。」阿麗表情難看，我繼續要她工作，「去市場買些百合花來插。」

「可是大太太說她討厭百合香。」阿麗膽怯的說。

我又再次出口糾正，「是姨太，不是大太太。」阿麗又一愣，我只好提醒她，「多買一些。」

阿麗為難的看著昊天，昊天冷冷說著，「去吧，大小姐說了算，有事她會負責。」阿麗這才離開。

我瞪了昊天一眼，他一臉舒坦的說：「姊，這個家沒有妳真的不行啊。」

我沒好氣看了他一眼，「自己的媽自己保護好嗎？」

「妳說呢，我能保護嗎？我只要一跟妳媽吵，我媽就生我的氣，上次還跟我冷戰。」我責怪不了昊天，他的無奈我是最懂的。

「你該回公司了，那裡有你該盡的責任。」我不得不提醒他。當某一天我在報紙上看到母親像要入主父親的公司時，我才發現，母親的野心何止是一個李家？公司是昊天的，家是夫人的，他們都不能失去。

「我知道。」昊天表情沉重。

我拍拍他的肩，「有很多東西，要拿在手上，你才能決定到底要不要擁有。」他明白的點了點頭。我不在乎公司要經營多久，無論昊天以後想不想經營，他要怎麼處置是他的事，我在乎的是物歸原主。

「你和茉莉提過了嗎？」我弟的家世，對單純的茉莉來說，可能是種壓力，我很喜歡茉莉，喜歡善良的她愛著我的弟弟。

昊天搖頭，我不得不提醒他，「早點說。」

「知道了。」

「這樣你還喜歡自己姓李嗎？」

他聽出我的揶揄，「姊！妳幹嘛這樣。」我笑了笑，開始指揮他把這個房間裡所有我不順眼的東西全處理掉，看是要捐、要送都可以。夫人的房間要像過去一樣有她的味道和她的格調才行。

「大小姐，這樣大太太會不開心的。」阿水嬸擔心的看著我的一舉一動。

我笑笑的對阿水嬸再次說了，「阿水嬸，在我母親面前，妳要怎麼喊她，我沒有意見。但在我、在夫人、在昊天面前，請妳注意，沒有什麼大太太，這個家就只有夫人和姨太，謝謝妳了。」

阿水嬸驚慌的正要喊大小姐，我順道說明了一次，「還有，這個家沒有大小姐，妳不介意，可以喊我培秀小姐就好。」阿水嬸更是忙亂的點了點頭，最後幾乎是落荒而逃的離開房間。

「姊，妳好像教官喔。」昊天為夫人換上百合花桌巾，順道酸了我一下。

我笑笑的回應，「等一下這沙發換掉。」

昊天驚吼，「我自己搬嗎？」

「難道我跟你搬嗎？」我回。他十分哀怨的看向我，我相信他此時此刻一定非常後悔得罪我這個姊姊。

於是，在夫人睡著的兩個小時裡，房間又恢復了我離開前的模樣。當她再次醒來，看到了房間的樣子，再一次紅了眼眶。

「小秀，妳真的回來了，對不對？」夫人緊抓著我的手不放。我微笑著，沒有點頭也沒有搖頭。

我是回來了，但也從沒有真正回來過。

第二章 家，是世上最奢侈的東西。

「妳為什麼沒有好好照顧自己？」我問夫人。

她搖了搖頭說：「我沒有力氣。」

我嘆了口氣，看著瘦得不成人形的她，「什麼都不吃，怎麼會有力氣？」

阿水嬸端著排骨粥走進來，這是我還在這個家時，夫人最愛做給我吃的一道料理，尤其是我在準備聯考時的消夜，暖暖的。夫人一看到粥，眼淚又掉了下來了。我提醒她，「吃完才有力氣哭。」但夫人的手卻怎麼也不願放開我的手，像是怕我會跑了一樣。昊天當然懂自己的媽，便接過粥餵著，夫人一口、兩口的吃了起來。

「這幾年妳去了哪裡？」她關心的問著我。

「沒去哪裡。」

「那為什麼昊天會找不到妳？」

「因為我不想被誰找到。」

「也不想被我找到嗎？」

「對。」我很誠實的回答。夫人一臉傷心的看著我說：「妳是不是怪我？」

「我為什麼要怪妳？」

「當初要不是我，妳就不會答應結婚啊！」我的心像是又沉到了黑洞裡。進入那段婚姻，我才發現，原來自己居然適合當個妻子。我的先生，曾經讓我很想當一個好太太，只不過，都是曾經。

我深吸了口氣反問夫人，「夫人，妳想過離開我爸嗎？」

夫人一怔，這個問題在我決定結婚前，我也問過她，那時候她猛搖頭，像是我說了多可怕的事。這次她搖頭，無力的搖頭，「我嫁給妳爸，就沒有想過離開這裡。」

我笑了笑，「那我就不會後悔結婚。」

夫人又哭了，在粥快吃完時，更是痛哭了起來，不停對我說著，「對不起，小秀，都是我害妳的。」

我拿了一旁的手帕為她擦眼淚，「是我答應要結婚的，哪能說是妳害的。」

夫人很激動，「當然是我。要不是我，妳怎麼會答應去結那個荒唐的婚，最後甚至離婚了。」

我臉色頓時刷白，昊天制止著夫人，「媽，姊回來就不要再提這件事了。」

我深吸一口氣，「沒有什麼不能提的，都已經過去了，你還不是跑去打人。」

昊天馬上像做錯事的小孩，低頭裝無辜，「他自己也甘願被我打啊，一定是知道自己辜負……」

「李昊天！」我冷冷喝止，我不想當被害人，因為我不想覺得自己可憐。我只想說，十幾年前結婚的決定，我從來沒有後悔過。

夫人像是把我當成親生女兒般照顧，我的所有畢業典禮、家長會都是她來參加的，因為我的親生母親正陪著父親參與各種交際應酬。她喜歡被注目，喜歡成為名流之一，那是她人生的樂趣和目標。

而夫人的樂趣，就是帶著我和昊天去書店看看書，逛逛古蹟，去公園散散步。每當人問起，「這是妳女兒嗎？」

夫人總是一臉驕傲的笑說：「是啊，我最漂亮的女兒。」久了，連我自己都要誤會夫人才是我的媽媽。她一直很介意我喊她夫人，無論如何，喊聲阿姨也好，至少感覺親近。但在我的心中，只有夫人兩個字才配得上她，我堅持，她只能妥協。

十幾年前，父親的公司出了些問題，正當以為可能要破產時，我反而很高興，那幾日是我睡得最好的時候。見母親一心的盼望就要成空，我開心得不得了，全天下家裡破產會高興的人，大既就只有我了。

當時卻突然出現一個人，說他願意幫忙，用企業聯姻的方式。講難聽一點，就是拿我去換現金。人生多荒唐，我從千金小姐成了嫁到外族的和親格格。當那個人提出這提議時，我媽把我叫到她面前，要我為李家著想，我笑了。她還說要我為她和父親著想，我更加大笑了。

其實，我要不要嫁，老實說都無所謂了。那時我剛結束了我七年的初戀，從大學到二十六歲，這段青春，都給了我的初戀，卻不了了之的結束了，人生就只剩下生無可戀四個字。我願意為了公司嫁，因為公司早晚是昊天的，但母親的那些話，讓我又不想嫁，叛逆的我，不想讓她得逞。

我陷入了為難之中。

那個晚上，夫人來到我的房間，拿了一筆錢給我，「妳馬上離開台灣，這個家不值得妳犧牲幸福。」

我愣住了，不懂夫人為什麼要這麼做。她繼續說：「就算破產、負債，也是我跟妳爸要承擔的事，妳不必為了公司結婚，找一個妳愛的人，好好過日子才是對的。」

我拉住夫人，難過的問她，「妳愛爸，但妳過過好日子嗎？」

夫人看著我難過的說：「那是因為我從一開始就錯了。我是愛妳爸，但他不愛我，我只是靠著自己的背景才能嫁進李家，所以這一切，我甘願承受。」

「不是這樣的，就算今天不是妳嫁，也不可能是我媽，而是另一個奶奶覺得門當戶對的人。所以妳根本沒有必要忍受我媽，忍受這一切。夫人，要走可以，我們一起走，帶上昊天，我們可以另外生活啊。」

那一瞬間，我看到了夫人的猶豫，她愛我爸，她走不了的。我沒再說什麼，也放棄再說什麼，這世界上沒有人最愛我，沒有人願意為了我離開李家，我媽是，夫人也是。

我的人生停在了二十六歲。

隔天，我將那筆錢還給夫人，然後走到了我爸的書房裡。自從離開那間高級公寓後，這是我第一次和我爸單獨相處。沒想到同住在李家，反而比半年才見到一次時的感覺，更加疏離。

「怎麼了？」我爸問我。

「我可以嫁。」我說。

我爸眼睛一亮，像是每半年他才回來一次，看見我時那樣閃閃發亮。

「妳真的願意？」我爸再次確定。他們沒有人敢逼我，因為知道我不會接受，知道我會用盡各種手段反抗。他們明白，我不點頭，就沒有人敢強迫我。

我看著我爸，說了一句，「但我有一個條件。」

「妳跟爸講條件？」他冷冷說。

「難道跟你講愛？你懂嗎？」我說，他垮下了臉，不語。

「我結婚的唯一條件，就是你永遠不能跟夫人離婚。」

我爸瞪大了眼睛，不敢相信我竟然會提出這樣的條件，「妳媽知道這件事嗎？」他反問我。

我笑了笑回應，「我媽知道我什麼時候交男朋友，什麼時候分手嗎？她知道我每天哭到睡不著嗎？你呢？你又知道嗎？」

我爸看著我，說不出話來，我再補充一句，「你們都不知道，可是夫人都知道。」

「你可以想想，反正公司倒不倒，我真的無所謂。」說完我便離開，回到房間，做好我母親來我房間咆哮的心理準備，收起易碎品、銳利物品。才剛收完一把小刀，我母親就衝了進來，直接給了我一巴掌。

「胳臂往外彎，我當初就不應該生妳。」她吼著。

我冷笑，「的確，妳當初就不應該生我。」

我母親聽了更火，開始摔我房裡的所有東西，「妳居然敢用那個條件跟妳爸交換，妳到底有沒有良心？這樣的忤逆我，妳怎麼不去死一死！」我母親氣瘋了。

「如果我真的要死，我會帶著妳陪我。」二十六歲的我，說出了這樣的話。大概是我母親也老了，她推我、打我，我都沒有像以前那麼痛了。

「妳怎麼可以這樣忘恩負義，妳不知道我這輩子最想要的是什麼嗎？妳怎麼可以這樣對我！」她拉扯著我，最後氣得直接推我撞上衣櫃。

我痛得跌坐在地，抬起頭冷冷朝她說：「妳可以別讓我嫁啊。妳這麼氣幹嘛？妳愛爸的話，就算他破產，妳不也應該愛他嗎？妳現在會生氣，不就是因為妳不能忍受我提出的條件，更不能忍受破產嗎？」

「妳給我閉嘴！」我母親又衝著我吼，像是心裡的盤算被挑明了說。

她無地自容的樣子，讓我忍不住笑出來，「妳自己想想，我聽妳的。」母親又伸手推倒了立燈，才甘願走出我的房間。

一個月後，我踏入了結婚禮堂，成為了何正一的太太。

這一個月內，夫人氣得不和我說話。她不要我這麼嫁了，要我收回條件，我卻沒有聽她的話。她只得跟我冷戰，期待我會怕，期待事情會有轉圜。可是我決定的事，就連我也不容許自己後悔。

直到要結婚的前一晚，夫人受不了，來到我的房間，看見我便哭了起來，「小秀，妳不要結婚好不好？」

「不好。」

「妳聽我的話好不好？」

「不好。」我笑著回應。

夫人哭得更兇，伸手想打我，「妳怎麼這麼不聽話！」但她舉起的手，又在下一秒緩緩放下，我抱住了她，哽咽。

「好好照顧自己，我會很好。」我說。

她哭到不能自己，「妳何必為了我做這種決定？」

我又哭又笑，「我不是為了妳，我是為了我自己，我討厭這個家，所以我要離開這裡。妳一定要好好照顧自己，好不好？」她在我的肩上點頭。

這個晚上，夫人和我睡在房間，昊天也來了，一張床上擠了三個人。夫人睡在中間，我們說了好多的話，「小秀，妳一定要幸福。」夫人叮嚀我，緊握著我的手，我對她微笑，心想著：幸福早就不會出現在我身上了。

我就只是活著。

「姊，如果他不好好對妳，我一定會要他很難看。」昊天揮舞他的拳頭。我心疼他，我十六歲回來，而原本在英國外婆家生活上課的他，為了鞏固夫人的地位，硬是被外婆送回台灣，和我一起生活了到他讀完高中。一畢業，父親又要他回英國上課。所以他離開的日子，我跟夫人更是相依為命，他只有寒暑假才能回來。

這時，他是為了我的婚禮特地回來的。

我叮嚀他，「以後夫人就要靠你了。」昊天不說話。我知道他心裡莫名的害怕我母親，小時的陰影，長大了並不一定會消散。但這是昊天的人生難題，他只能靠他自己，畢竟我偶爾也是會害怕我母親，尤其是她拿掃把的時候。

所以我住的地方，我的店內，從來沒有掃把。因為對我來說，那不是清潔用品，而是凶器。

隔天，我就出嫁了，對於丈夫的一切，我什麼都沒有問，就連父親給我的丈夫資料，我連翻都沒有翻。我以為自己嫁在台灣，沒想到隔天便到香港定居，接著，我就再也沒有回家過了。偶爾的偶爾，昊天會在從英國回台灣的途中，在香港轉機。我們會見面，但除此之外，我再也沒有過問活在李家的所有人。

包括夫人。

沒有人替她堅強，我的婚姻，註定成為她心裡的那塊傷。我告訴昊天，只要向夫人說我過得很好就好。他也是，從來只會對我說夫人很好。我們的默契，便是不再讓彼此擔憂，我以為這樣就好了，以為這樣就是人生的全部了。

最能安慰人的話，向來不是實話，而是謊話。

直到六年前我被離了婚，身心俱痛的回到了台北，我經過了李家大宅，卻沒有想過要進去。我就這樣走著走著，走向阿紫奶奶的銀河大樓，重新過起日子。這六年來，我才真的像個人，過著安心的生活。

沒有消息，就是好消息。

我沒有任何李家的消息，對我就是最好的消息。我可以當作夫人很好，昊天很好，那個家裡面我關心的人都很好，這樣就夠了。誰知道昊天卻不停的找我，連公司也不去，四處找著我。他先是翻遍了香港，再翻遍了台灣，結果在台南遇上了向阿紫奶奶租用銀河大樓三樓的茉莉。我們都是阿紫奶奶的房客，是茉莉和緣分讓他重新碰到了我。

地球不小，渺小的是我們這些俗人。

當我看到他出現在我咖啡店的那一刻，李家兩個字又悄悄爬到我的肩上。他告訴我，當夫人知道我離開香港無消無息的時候，病了整整一個月，要他找我、尋我。

一看到我，他就猛說夫人過得不好，說夫人好想念我。但我強迫自己無動於衷，我很清楚，只要我再踏進李家一步，我這輩子就無法擺脫李家。只是，我又何嘗不想念夫人？昊天告訴我，夫人連離開李家的力氣都沒有，連想來看我的力氣都沒有。那麼被她疼著的我，怎麼會不想知道她到底是怎麼活成這樣的？

我很掙扎，究竟要不要回去蹚李家的渾水。

結果，昊天像是跟我槓上了，每天都來跟我洗腦。今天是昊天來煩我的第四十九天，聽說這是人死後，入道依業力流轉的一天。我想我轉不過李家的業障，我終究還是回來了，還踏進了這個門。

最後就這麼坐到了夫人的面前，看著她把日子過得這麼消極。我難過的說著，「夫人的原則怎麼都不見了？百合花香味呢？妳喜歡的壁畫呢？妳鍾愛的古老唱片機呢？為什麼都不見了？這個房間裡面沒變的，就只有妳的苦日子。」

夫人不語，我猜到了大概。再看向昊天，他也不語，就完全猜到了。這就是為什麼我不想回來，有很多事，你不知道的話，你可以不管；但有更多事，是你知道了之後，你就不得不管。

「有沒有力氣，要不要跟我去花園散步？」我問。

夫人開心的點點頭。我扶她下床，小心走出房間，緩緩的走下樓梯。房子裡的佣人像是看到了鬼一樣看著我，不，是看著夫人。夫人更是一臉疑惑，表情就像是我剛走進客廳那時一樣，家的改變，我想她應該也不知道。

她究竟有多久沒踏出那個房間了？

我對阿水嬸說：「準備夫人喜歡的花茶和點心，我們在院子裡。」阿水嬸一臉為難，從我進門到現在，她這表情不知道出現了幾次。「沒有就去買。」我冷冷地說完，扶著夫人走向院子。

陽光照在夫人的臉上，我清楚的看到了她的血管和細紋，但看得更清楚的是她不變的氣質，令人如沐春風。她看著庭院裡斷了翅膀的丘比特雕像，笑了，「我之前常來看它，總想到妳和昊天吵架的模樣，我就好想你們。」

我笑了笑，還不就是李昊天搶了某個學長給我的情書，要偷偷拿去給夫人看，我追著他追到院子，氣得拿了石頭就丟他，結果丟到了這丘比特。父親氣得不得了，但沒有罰我，只是不停的說它很貴，但我真心無所謂。

「現在你們都在我旁邊，我好高興。小秀，回來住好嗎？」夫人懇求的說。

我卻只能搖搖頭，「夫人，我能做的，就是常常來這裡看妳，但我不會再回來住了。如果……」我看著夫人深吸一口氣，再繼續問：「如果妳想離開，我可以帶妳一起走。」

夫人不語，我知道自己就是白問了，沒有意外。

我笑了笑為她按摩起來，「如果妳不離開，那接下來要好好聽我的話，好嗎？」我說。她愣愣看著我，不明白我的打算，我也沒有說破。

我們只是坐在亭子裡說起一些往事，吹著混入草香的微風。阿水嬸送上了茶點，不是夫人喜歡的薄荷洋甘菊茶，也不是夫人喜歡的手工餅乾。我抬頭對阿水嬸笑了笑，「妳們是忘了夫人喜歡什麼嗎？」

阿水嬸再次為難，「大小姐，我們只是佣人啊，有很多事不是我們可以決定的。」

「小秀，別為難阿水嬸了。」連夫人都這麼說了，我也只好笑笑，「好，以後你們都別靠近夫人。」阿水嬸一愣，尷尬的離開。我轉頭對昊天說：「去買，把夫人喜歡吃的用的全馬上買回來。」

昊天笑得可開心了，「沒問題。」

夫人無奈的說：「他買了也沒用，還是會被丟掉的。」

我笑笑回應，「這次不會了。」昊天聽了，馬上起身離開。他走了之後，我拿出手機傳訊息給他，還有些事情要辦。

「別惹妳媽不開心了。」夫人擔心的看著我。

而我並不想談論她，我轉移了話題，說到最近看的書、最近聽的音樂會，這都是夫人那時帶著我，讓我開始有興趣的東西。「妳這幾年都過了什麼日子？」她問著。

「開了間咖啡店，但一開始什麼都不會，是房東奶奶幫我找了老師來教我，上了些課，所以咖啡店還算過得去。其餘時間，也就是平平凡凡的過日子。」我說。

她拉起我的手，看著我因為常碰水而脫皮的雙手心疼著，「我不是跟妳說，女孩子家要好好保養嗎？怎麼這手都成了這樣子。」

我笑了笑，「沒有什麼不好，我靠自己的手賺錢吃飯，我很開心。」

夫人苦笑，點了點頭，「我就是沒有妳這麼堅強。」

我告訴夫人，「所有的堅強都是磨出來的，沒有人天生就會。」

她笑著看我，我也笑著看她，突然，一台高級轎車從我們附近經過，開向了主宅大門。我心裡一凜，昊天明明說父親和母親去歐洲，要下星期才回來，怎麼現在就回來了？我轉頭望向夫人，她正著急的順著自己頭髮，想讓自己看起來是美好的。我為她撥了臉頰旁的髮絲，忍不住在心裡嘆氣。

愛就是只能叫人痴。

父親和母親下了車，父親見到我時，他臉上的震撼，就像當年我進他書房拿結婚換條件的表情。而我的母親看到我更是震驚，更多的是不悅，眼神像是要把我吃了去一樣。不知道怎麼回事，看到她這麼不開心，我就開心了呢。

他們朝我我們走來，父親臉上的震撼退去，留下的是歉疚，母親的憤怒退去，卻還是只有憤怒。

「回來啦？」父親的聲音顫抖著。

我笑笑回應，「只是經過。」他臉上閃過一絲失望。

倒是母親瞪著我，尖酸說著，「被離婚的女兒，怎麼好意思回娘家。」父親一怔，眼神示意母親好好說話。真是難得了，一向只會護著我母親的父親，竟要我母親好好說話了。

很有意思。

我沒有理母親，對父親說：「不是下星期才回來？」

母親因為我對她的無視更加氣惱，像是想證明自己存在一樣，不停的想跟我說話，冷冷開口，「我們什麼時候回來干妳什麼事？」

我轉頭看向母親，帶著微笑回話，「有，我會錯開看到妳的機會。」

「李蓓秀，妳有沒有把我這個媽放在眼裡？」母親咬著牙，憤恨的瞪著我。

沒有。就像我從來也不曾在妳眼裡一樣，妳的眼裡就只有李夫人三個字，我的存在，只是妳的武器。

「孩子好不容易回來，妳就別衝著她發火了好嗎？」父親勸著母親，這真太有意思了，重點是母親竟也突然軟了下來，轉身就走進屋內。父親老了，語氣更加無力的說，「晚上在家吃飯好嗎？」

我搖了搖頭，「不了。」父親一臉失望。

我又說了一句，「不過等等進去一起喝杯茶的時間還是有的。」

父親的眼笑彎了，直點著頭，「好好好，喝茶好。」

夫人也笑了，這時父親才看到夫人的存在，像是真的關心，「妳身體不是一直都不好，出來外頭吹風，又感冒了怎麼辦？」

夫人看起來有點感動，只為了一句父親關心的話，我嘆了口氣。

兩人同時轉頭看著我，我趕緊笑了笑，「還是李老爺跟夫人配。」父親愣住了。夫人一臉不好意思，我扶著她往屋內走去，父親跟在我們的後頭，一走進屋內，我看到幾個佣人表情像是世界末日。

也是，現在客廳裡的這四人組合，就是一場即將開戰的仗。但等等還有昊天呢，他回來的話，這場戰爭可是會更有趣。我扶著夫人坐到了長沙發上，對面坐著李老爺和他的姨太，後面站著戰戰兢兢的佣人們。

阿水嬸為大家上了茶，我見到她的手在抖，我對她一笑，「阿水嬸，剛不是才說過，夫人不喜歡喝這個……」此時昊天剛好走進，滿手都是袋子，後頭還跟著一位阿姨。我對阿水嬸說：「昊天把夫人喜歡的薄荷洋甘菊茶買回來了，麻煩妳去泡。」昊天在袋子裡翻找出茶包。

我母親不開心了，「我討厭薄荷的味道。」

阿水嬸剛伸出的手又停在了半空中。我看了昊天一眼，他很聰明，直接塞到阿水嬸手裡。我回頭笑笑對著我母親說：「不喜歡的話，可以避遠一點。」

我母親又惱怒了，「阿水嬸，我說我不喜歡薄荷的味道。」

阿水嬸差點就要嚇哭了。

「阿水嬸，麻煩妳了。」我再次強調，姨太惡狠狠的瞪著我，我問父親，「我這幾年沒回來，覺得客廳的品味變差了。」現在兩難的人，成了父親，阿水嬸趁機會拿著茶包跑掉。

「會嗎？我沒注意。」父親尷尬的回。

「你沒注意的何止客廳，還有夫人的房間，你是不是很久沒有跟夫人一起睡了。」我接著又說。

我相信，此時此刻父親一定很後悔，十分鐘前還開心我要進來喝茶，現在場面頓時說有多僵就有多僵，佣人們的腿正在發軟。

我母親氣得把杯子往地上砸，站起身氣呼呼的吼我，「李蓓秀，妳到底回來幹嘛？」我笑了笑，也站起身，把剛剛阿水嬸放在我面前的茶，也拿起來往我母親旁邊丟過去。

我母親大驚失色，父親急忙察看她有沒有受傷。夫人好緊張的拉著我，「小秀，妳別這樣。」

「我只是有樣學樣而已。」我笑笑，拍拍夫人的手安撫著，我母親氣得又要衝過來，準備給我一巴掌。我沒打算閃，直愣愣看著她，就像過去她打我一樣，我從沒有閃過。倒是昊天站到了我的面前，而夫人將我拉到了身後，今天我又是被保護的，我冷冷看著我母親說：「都過那麼久了，妳還是只會呼我巴掌嗎？」她的手停住了。

父親拉過我母親，好聲好氣的說：「能不能一天靜靜，我都多久沒有看到女兒了，別吵了好嗎？」

「是她一回來就跟我吵。」

「我沒有打算吵，把正事交代一下，我就會走。」我說。

「什麼正事？」父親滿臉疑惑。

我指向站在沙發後方的阿麗，「她不適合照顧夫人，看你想要調她去做什麼都可以，我另外找了阿美姨來照顧夫人。從現在開始，除了她誰都不准進去夫人房間，不准移動夫人的任何東西。」我看了眼昊天，他識相的把手上的袋子交給阿美姨。

「阿美姨，這是夫人用慣的東西和牌子，之後我會傳訊息給妳，關於照顧夫人的注意事項。」我說著，阿美姨點頭，「好的，李小姐。」

阿麗慌了，「老闆、老闆娘，我很盡力在照顧太太啊，不要讓我沒工作好不好？」

「夫人指甲都長了，妳看到了嗎？我幫她擦手腳，上頭一堆傷妳看到了嗎？房間裡頭全是灰塵，妳看到了嗎？化妝台上還有沒吃完的零食，妳看到了嗎？」我越說阿麗臉色就越差，「我看妳是很盡力在聽姨太的話吧。」

父親轉頭看著阿麗，也生氣了，「妳出去，不用再來上班了。」阿麗想再求情，但母親也不打算為她說話，就這麼被其他人帶了出去。

母親表情難看得像是曬壞的梅乾菜，我笑笑的看向母親，「妳不用擔心，我沒有打算回來住。」母親氣得轉身要走，我喊住了她。

「等一下，我話還沒有說完。」母親停步，回頭瞪著我。我向母親宣告，也等於向這個家裡的所有人宣告，「阿美姨是我找的，誰都不准指使她，她只有一項工作，就是照顧夫人。」

母親氣得咬牙，「說完沒？」

「說完了，只是怕妳記性差，特地提醒一下。」我笑了笑，母親深吸了口氣，轉身離開。夫人拉拉我，一臉擔心。我拍拍她，小聲的說：「沒事的，從現在開始，妳要好好吃飯、好好睡覺，好嗎？我會再來看妳的。」夫人這才點了點頭。我感到安心，向阿美姨示意，她便過來帶走夫人。

「夫人來，我們先去休息。」阿美姨勸著。夫人依依不捨，但她知道我說到做到，我一定會再來，這才肯跟阿美姨回房間。

我沒打算再坐下，只是對著父親說：「公平一點。」

父親滿臉倦容，我同情不了他，這是他選擇的，如果真的要對兩個女人負責，那麼就要公平一點。「我先回去了。」

「這麼快？」

「我已經在這屋子裡待得夠久了。」我說。

「妳就這麼討厭這個家？」

「對。」我笑笑說著。

「身為妳的父親，我知道我很失敗。」

「不只，你除了老闆以外的身分，都很失敗。」

父親苦笑，「妳還是跟以前一樣。」

我搖頭，「不一樣，我現在會笑了。」我微笑著。

「我們有機會一起吃飯嗎？」父親的聲音帶著乞求。

可惜，我不再是個心軟的人，「再說吧，有時間跟我吃飯，我倒希望你花時間多陪陪夫人。」父親有些心虛，我笑了笑，「不會連你跟夫人見幾次面，你的姨太都定了規矩吧？」我猜測著，父親更加低下了頭。

我覺得好笑，喊了一句，「爸，你也真夠窩囊的。」父親露出受傷的神情，但我顧不上他，轉身打算離開。在踏出家門前，我再回頭對父親說了一句，「身為女兒，我從沒指望過你什麼，但對於一個被你傷害，卻又如此愛你的女人，請你仁慈一點。」

我離開李家時，外頭天已經黑了，我的確是在裡面待了太久。我用力深呼吸，昊天站在我旁邊，笑著說：「姊，老實說，在咖啡店裡的妳，根本不是妳吧，這才是真的妳，戰鬥力超強的。」

但咖啡店裡的那個李培秀，才是我想過的生活，兩個字，安穩。

昊天讚嘆不已，我笑了笑，「看起來都是我，但也不一定都是我。」

「講中文好嗎？」他沒好氣的瞪了我一眼，我仍是只能對他笑笑，我弟弟聽不出我話中的無奈。

我往前走去，昊天快步跟上，「好啦，我送妳回去啦。」

「不用，回去陪夫人。」

「我沒把妳送到家，她肯定會生氣。」

「生氣好啊，臉色紅潤點。」

「只要看到妳，她臉色就會好了。」

我弟一直在我旁邊廢話，我突然停住腳步，看著他，「你不用顧慮她是我母親，多想想你媽。」

昊天收起了笑容，有點小心的對我說：「我其實覺得她有點可憐，畢竟她除了爸以外，什麼都沒有了。」

「那你媽呢？除了你以外，連分到爸的渣渣都沒有。」

「我母親有妳啊。」

我懶得再說，繼續往前走，昊天又跟了上來，在我旁邊說著，「其實爸有時還滿關心媽媽，只是妳媽就是會想些方法來整我媽，阿麗平常在我面前也是對我媽噓寒問暖，我真的不知道她這麼忽略媽……。」

「你看我母親看了這麼久，你不知道女人很愛幹些檯面下的事嗎？」我說，昊天笑笑，知道了自己有多無知，隨即又收起笑容問：「姊，妳不後悔嗎？」

我抬頭看著他，「後悔什麼？」

「後悔站在我母親這邊。」

我笑了笑，「我最後悔的是，讓我母親把我生出來。」然後生在李家，成為破壞別人家庭的人的女兒。我站在夫人那邊，有某種程度是在為我母親贖罪，但更多的是，比起我母親，夫人更像一個媽。

我也是貪戀母愛的人，然而可笑的是，竟是夫人給我的。

「好了，你不要再送我了，我自己坐公車回去，今天一直看見你，我都膩了。」我誠實的說。

昊天生氣了，「李培秀，妳會不會太過分了？妳也不想想，我這幾年是多麼用心用力找妳，好不容易找到妳，妳是這樣對自己弟弟的嗎？」

我點了點頭，緊盯著他看，「嗯，不可以嗎？」

他被我看到很洩氣，「算了，妳高興就好。」

他和我走到公車站，陪我等車，我見他好像有事想跟我說，卻又不敢開口的樣子，頓時有了不好的預感，「李昊天，你這表情很奇怪，你老實說，你又跑去打人了嗎？」

他無辜的反駁，「都找到妳了，誰還要去找他？但如果他今天出現在我面前，我可能會再揍他一頓。」

我沒好氣的看著他，「打他幹嘛，離婚協議書我也簽字了，我也同意離婚啊。」

「不管怎麼樣，他讓妳傷心就是不對，他害妳躲起來就是他的不對，反正我就是不爽他，我看這個人就是討厭。如果那時候我在，我根本不會答應讓妳嫁給他！」昊天咬牙切齒的說，好像他才是我爸。

「大人的事情，小孩子就別管了。」

「我都三十一了，妳別老是把我當小孩子，總之，何正一就是配不上妳……」聽到何正一三個字，我忍不住抬頭瞪他，他這才趕緊收口。

我教訓他，「都已經過去了，別再和他有什麼瓜葛，聽見沒。」

「那魏允揚呢？」李昊天今天大概很想惹我生氣吧。

「沒事又提到這個人幹嘛啊。」我說。

昊天像是要跟我閒聊似的隨意說著，「我只是覺得他比那個何王八好多了，以前你們約會還會帶著我，允揚哥會帶我去湯姆熊，陪我打籃球。如果當初他不出國留學，你們搞不好還會在一起。」

「不會。」我說。

「怎麼可能，那時候你們明明感情那麼好，允揚哥還是妳的初戀，從妳大學就在一起，還在一起七年了，比那個何王八還要久，妳不會想起他嗎？」他問得很小心。

「不會。」我說。

「真的完全不會想起允揚哥嗎？」

「你到底要說什麼？」我笑不出來了。

昊天看著我的臉色，緩緩開口，「我前陣子遇到允揚哥，他回台灣了。」

「干我什麼事？」

他天真的說：「有啊，他一直問我妳過得好不好，還想再見妳，我覺得允揚哥還是放不下妳。你們那時候是因為遠距離才分手的，這次搞不好真的可以重來，他現在也還沒結婚啊。」

我抬頭，很嚴肅的對昊天說：「我很認真的告訴你，我和魏允揚不可能，以後別在我面前提到那兩個男人的名字。不然，你可以再試試，我能讓你六年找不到我，自然可以再讓你十年、二十年，或是一輩子找不到我。」

「姊，我是真的希望妳可以幸福啊。」

「誰說幸福只能靠愛情？」我能重新活著，現在就很幸福了。「別管我的閒事，除非你有勇氣承擔後果。」希望我的弟弟聽得進去我的恐嚇。

公車來了，我走上車，留下滿臉問號的他。

坐在公車上，六年來，第一次覺得日子過得如此漫長，最不願想起的兩個人，名字都在今天再次被提起。就像是冤親債主一樣，無論我再怎麼努力向上，卻仍死命把我拉進深淵。

魏允揚是我的初戀，何正一是我的初婚，我都曾深深的愛過，也深深的傷過、愛過了、結過了，人生大事，我都經歷過了，我還想要什麼？沒有，我只要安穩的生活。就像現在這樣，不要再愛誰，也不要再因為誰而受傷了。

這六年來，沒有人提過他們，我以為我已經忘了他們，忘得一乾二淨，卻沒有想到在昊天提起他們的名字時，我心裡仍像被丟了幾顆石頭般痛著、不舒服著。

我不相信過去真的不會過去，我不相信沒了過去就會活不下去，過去的六年，我不也是拋下過去好好的活過來了嗎？那為什麼過去又來了？在昊天提起之後，這兩個人的名字一直在我腦子裡揮之不去。

這個晚上，我做了惡夢。

夢裡的何正一跟魏允揚，正對我笑著。

難道，我的人生裡不會出現第三個男人嗎？

第三章

回憶，總是讓人心煩。

我已經習慣清晨醒來，就算夜裡失眠，也沒有睡過頭，依然是同一個時候醒來，就算我想再睡，也沒辦法睡著。我的身體和我的個性一樣固執，離家這幾年來，我只有一次沒睡好，就是搬來這裡的第一天。

因為興奮。

期待自己的重生，是一件多快樂的事，就像小學畢業，就期待成為國中生，國中畢業就期待自己成為高中生。期待的不只是環境的改變，還有自己長大了的感覺。

那種感覺就好像可以丟下現階段的自己，走進全新的下一階段。我整夜沒睡，失婚的女人我，正在盤算自己在婚姻時沒能做的事，現在離婚了，要全部一次做個夠。那夜我整整寫了三頁的清單，而第一項，便是笑。

活在李家時，我笑得少，嫁給何正一，我也笑得少。

我並不是不愛笑的人，只是在那樣的環境裡，我幾乎都忘了該怎麼笑了，所以，我開始學著多笑，笑久了，不管遇到什麼事，都會笑了。

人的任何一種能力，都是被自己訓練出來的。

而這是我第二次失眠，沒有興奮、沒有期待，只有各種無力。我擔心夫人、擔心昊天，也擔心我自己，好不容易訓練出來的冷靜、灑脫，在昨天好像就消失了大半，我不想自己的情緒再被李家牽著走，那太可怕。

我下床，好好洗了個澡，好好提振精神，不停提醒自己我是李培秀，不再是李蓓秀。

很快換好衣服，整理好，便準備出門。我住在加蓋的頂樓，外頭天台有我種的各種香料，還有曬乾的咖啡渣。還記得第一次，我自己一個人坐在外頭，看著星星、月亮，然後就感動得哭了，原來「心情平靜」四個字竟令人如此幸福。出門前我為香料盆澆澆水，但不曉得為什麼，我總覺得哪裡不對勁，卻也說不上來，眼看有點晚了，我也只好趕去開店。

每天，從家裡搭公車到咖啡店的路途上，是我很享受的時間。看小學生背著重重書包，看中學生死氣沉沉，看高中生要死不活，年紀越大，就越受折磨，每個人都是一樣的。

到了咖啡店，穿上圍裙，我的心情都會變得特別好，為自己努力生活的感覺，是很踏實的。我才剛把鐵門整個打開，附近買完菜、送完小孩的婆婆媽媽客人就湧了進來。

「培秀，老樣子。」「培秀，我今天要喝黑咖啡，不加糖，我老公都嫌我胖。」「培秀，我要拿鐵，在這邊喝，妳幫我畫上次那個愛心。」「培秀，我小姑說有寄杯在這裡，我要偷喝她的。」

我對著大家微笑回應，「好。」這間咖啡店莫名成了附近婆婆媽媽聚集宣洩的地方，樓上的海若和丁熒總說我這裡怨氣超重，因為太多怨婦了。為此阿紫奶奶也特別不高興，畢竟她在二樓開聯誼所，結果一樓咖啡店客人，不是在這裡哭訴老公劈腿，就是罵婆婆怎麼還沒有死，根本就是在咒她生意不好。

每次阿紫奶奶不爽，我也只能笑笑，這不就是人生嗎？有人哭，就有人笑啊。

當我應付完所有的婆媽後，正在預備下一波上班外帶的人潮時，昊天和茉莉走了進來。茉莉開心的對我打招呼，「培秀姊，早安。」

我抬頭對著兩人笑笑，「早啊，妳今天比較早？」

茉莉點點頭，「剛昊天先陪我去看我母親，我們一起吃完早餐才過來的。」

「伯母還好嗎？」我問。

茉莉點頭，「嗯，很好，忘了不愉快的事，就會很好啦。」我給了茉莉一個鼓勵的笑容。說也奇怪，在這棟大樓工作的我們，大家各自都有家庭問題，尤其是媽媽。海若的媽媽在幾年前自殺過世了，丁熒的媽媽人生目標就是談戀愛，茉莉的媽媽則是長期壓抑，精神上生了病，而我……就是那樣了，我們都未曾擁有過真正的母愛，只是我的事，沒有人知道，因為我連想都不想去想，更何況是提。

我為茉莉泡了杯抹茶拿鐵，「喝點甜的，心情會好一點。」

茉莉接過，開心的對我道謝，「那我先上去上班了，今天得要算員工薪水。」茉莉對我們揮揮手後，上樓工作。三樓是她和丁熒、海若一起經營的內衣品牌公司。他們去年還只是工作室，現在已經是公司了。

但茉莉轉身走沒有幾步，又跑了回來，從口袋裡拿出幾千塊塞給昊天，「我猜你錢應該用完了，這邊先用，不要拒絕我。」然後又跑走。

昊天傻眼，我冷眼看了昊天，他一臉無辜，「我想說啊，但是沒機會。」

我笑笑，「不干我的事。」所有的感情問題都是自己的問題，就算你在這裡哭完、吼完，多少人給你建議，最後仍是自己的問題。這是我經營了六年咖啡店，聽過那麼多婚變、失戀得下的結論。既然是自己的問題，那就得靠自己去努力。

「算了，我再找機會說，休息室借我換一下衣服。」昊天說完就衝了進去，我也懶得理他，繼續忙碌。當我抬頭，看見一票婆媽瞪大眼睛，往我的方向看，有的差點流了口水。我愣了愣，回頭一看，昊天穿著西裝就站在我身後，整理著包包。

「果然，男人還是得要西裝。」剛說完這句話，我就差點咬住自己舌頭了。我也對何正一這麼說過，即便在我的生活環境裡，常見男人穿著西裝，但他是我看過把西裝穿得最好看的男人，一直到現在都是。比例是基因樂透，身材是後天鍛練，雖然我不清楚，只會工作的他，有什麼時間上健身房。每看他穿上不同款式、顏色的西裝，我都只能偷偷在心裡讚嘆，媽啊，這男人好會穿西裝。

「說得好像是我靠西裝一樣。」昊天不滿抗議。

「是啊。」有錢人會比較漂亮、比較帥，還不就是因為有錢。

昊天對我翻了個白眼，「跟妳說話很難得到安慰。我要去上班了，昨天一跟爸說要回公司，就馬上被派了一堆工作，我得在茉莉下班前做完，才趕得及接她。」

「認真點，公司一堆人、一堆家庭靠你吃穿。」我叮嚀著，正幫昊天把領帶繫好的同時，我又聽到婆媽們的驚呼聲。好奇往外看去，我心一沉，是的，是沉的，跟鐵達尼號差不多沉到那樣深的海底。

魏允揚，就正在店門口看著我。

昊天頓時抄了自己的家當，對我說了一句，「姊，我先去公司了。」就落荒而逃，跑得像是後面有高利貸在追殺他一樣。但也幸好他跑得快，因為他再慢一步，我手上的水果刀就會朝他射出去了。

尤其是他在經過魏允揚身邊時，還拍拍他的肩。關於魏允揚為什麼會出現在這裡，我還有什麼好意外的。

我微笑，微笑是我的武器，把他當作陌生人，低頭繼續做自己的事。

但我聽到婆媽們的討論，「欸，剛走一個帥的，現在來一個斯文的。」「這個好像演韓劇那個律師，那個斯文的啦。」「妳說誰啦，我感覺他像東健呢。」

誰啊？家裡沒有電視的我，什麼劇都沒有看，根本不知道她們在說誰，我只知道，當他對著低頭的我說了聲嗨時，我抬頭微笑的第一句，就只是，「請問需要什麼嗎？」

魏允揚一愣，下意識說了，「冰美式。」

「好的，稍等一下。」我微笑，開始準備他的飲料，過程中，我們沒有再有交談，但這過程也不過五分鐘，「你的美式好了。」我遞給他，他接過，付了錢，我也只是回應，「謝謝。」

他轉身要走，我心裡鬆了口氣，但他又突然回頭，輕輕喊了我一聲，「蓓秀。」

我抬頭，又是一個微笑，「有什麼事嗎？」

他走到我面前，欲言又止的表情，我就這麼和他對看了一分鐘，他才緩緩開口，「妳好嗎？」

「很好。」我說。

「對不起。」他說。

「沒關係。」我回答。

沒關係，並不是真的沒有關係，而是這句對不起遲了太多年，早就過了有效期。沒關係這個三個字的意思是：沒關係，就算沒有你的對不起，我還是活到了現在，而且身體健康萬事如意。雖然當初生不如死，媳婦如果能熬成婆，痛苦也能熬成維他命。

他還想開口時，我又揚起我的微笑，「其實你都不用問我了，昊天不都跟你說了嗎？」他默默點了點頭，然後看著我，眼神裡有著同情，好像認為我今天能站在這裡賣咖啡，是費了多大的力氣，忍下了多少傷悲一樣。就算是，我最不需要的也就是同情了，我只需要有人來消費。

「還有什麼事嗎？」我問。

他看著我，像是十幾年前，我大一剛進學校沒多久，他在廁所前看著我一樣。那時他對我說：「李蓓秀，妳要不要跟我在一起？」

但這次，他說的是，「我們還是朋友嗎？」

十幾年前，我說了「不要」；現在，我說了「不是」。

他愣著，表情內疚，「妳是不是還怪我？」

我笑笑，「沒有。」

「我找了妳很久，不管妳結婚、離婚，只知道妳現在是單身就好了，我希望……」

我開口打斷他，「不管我是已婚，還是離婚，我只希望我們不要再聯絡。」我給了他一個非常真誠的笑容，因為我覺得這樣對彼此都好。

魏允揚也只能笑笑的說了一句，「好，我知道了，打擾妳了。」他看著我，眼神有點侷促，但還是轉身離開，婆媽們的眼神也隨著他望了出去。我繼續工作，說我心裡沒有感覺，那都是假話。

心裡有的兩個字，叫做感慨。

他是我第一個想嫁的人，他是第一個讓我愛了七年的人，所有戀人會做的事，他都是第一個陪我做的，但現在，我們終究也只能是彼此生命中的過客。愛會散去，埋怨也會，那些轟轟烈烈，現在只是雲淡風輕。

那我還要愛嗎？我不要了，何必辛苦自己。

但我從沒有後悔愛過他，我也慶幸，我第一個愛的人是他。

當我一進大學，李家的包袱背在身上，青春期的我，叛逆寫在了臉上，希望全世界的人都不要來跟我說話。我坐在教室最後面，勉強參加小組，卻也是說一句都嫌多。我故意填了遠一點的學校，就是想要住校。沒想到母親不放過我，說了一句，千金小姐怎麼能去睡大通鋪，我便每天被家裡司機載著台北新竹的通車。

久了，自然就有閒話，那時候我多惹人厭，但我喜歡那樣，自己一個人讓我感到自在。魏允揚身為我的直系學長，每天都想拯救我，故意拉著我跟同學聚餐，帶我參加各種活動，我不想去的話，還會在我家門口等我，硬是要帶我出去。我對他各種辱罵白眼，他脾氣卻一樣的好，我那時覺得，他死了以後應該會燒出舍利子。

當我又被母親打了巴掌，隔天腫著臉去學校時，他逼問我到底是發生什麼事，我不肯說，他居然要帶我去報警。被他拖到警局門口時，我才說出原因。那天他死皮賴臉跟我回家，很誠懇的對著我母親叨唸長達十分鐘，「怎麼可以對自己女兒動手，如果她有錯，妳可以好好跟她說。我知道蓓秀的脾氣不是很好，但身為母親不是應該對自己的孩子要更有耐心嗎？我希望伯母可以注意，這樣對小孩的身心靈都會造成巨大的影響，您就只有蓓秀一個女兒，不是應該更要保護她，讓她開開心心、快快樂樂的嗎？這次的事就算了……」

我就站在他的旁邊，像看瘋子一樣看著他，我母親氣瘋了，丟了一千塊要他坐車回家，就轉身走人。倒是夫人開心不已，帶著他和我還有昊天去吃了一頓好料。那一刻，他在我心裡的位置，就這麼樣的莫名飆升。

我開始像迷途知返的少女，開始認真的念書、交朋友、參加社團活動，努力當個可以配得上他的女孩。那時候他是學生會的副會長，我從未覺得他特別好看，但待在他的身邊，會讓我感到安心。

有個男孩，為了我反抗我的母親，對我來說，就算來的是浩克，也是王子。

那時，大家都說我們是一對，我也以為我們是一對，但不知為什麼魏允揚就是沒跟我告白。我們連手都牽了，學弟揶揄他來找我這個女朋友時，他也沒有反駁。我每次問他，「你是不是有什麼事要跟我說？」他都會想了一下，然後說：「對，妳昨天是不是沒洗頭？」「喔，妳牙齒上面有胡椒粒。」「啊，妳中午想吃什麼？」

我想，我是會錯意了。

他會牽我的手，可能只是他把自己當導盲犬，或是把自己當太監。

我開始想收拾自己的心情，然後我躲著他，甚至當別系學長來跟我告白時，我也告訴那位學長說我會考慮。畢竟人家說，解決失戀最好的方式，就是談下一段戀愛。結果有一次，我去上廁所，就在聽到魏允揚在外頭喊。

「李蓓秀，妳出來，把話說清楚。」狂喊。

但那時我正在拉肚子，我真的是又急又氣又臭。過了十分鐘，我才心不甘情不願地走出去。「幹嘛？」

「為什麼林子約跟妳告白，妳說妳要考慮？」

「不然要說什麼？」

「妳把我放在哪裡？」

「你不就在這裡。」

「我很認真，妳不要跟我開玩笑。」

「我看起來像在開玩笑嗎？」我不也很認真嗎？

「李蓓秀！」他生氣了。

「叫魂啊？」我也生氣啊。

「我們不是在一起嗎？妳跟林子約說妳要考慮，妳這樣是劈腿耶。」他一臉我背叛他的表情，我真的莫名委屈。

「你有跟我說你喜歡我嗎？你有跟我說，你要跟我在一起嗎？」

「我以為妳知道啊。」喔，以為我智商一八〇嗎？

「鬼才知道。」我瞪著他。

他突然笑了出來，然後一直笑著，「那妳幹嘛讓我牽妳的手，妳不是也喜歡我嗎？」我在那一瞬間懂了為什麼我母親想賞我巴掌的心情。

我轉身要走，他從後頭拉住我，「李蓓秀，妳要不要跟我在一起？」我咬了他的手，說了一句，「不要。」可是和他冷戰了五分鐘後，我就沒用的投降。談戀愛最不需要的就是志氣了。

於是，我們正式交往了，我好快樂，每天回家都跟夫人報告我和他今天去了哪裡，做了什麼。夫人也喜歡他，偶爾帶著我們幾個孩子一起出遊。但我母親就不是了，打聽了一下，說魏允揚家境普通，還有兩個弟弟也在念書，跟這樣的人在一起，失了千金小姐的格調。

我母親真的很敢說，之前被嫌門不當戶不對，現在好意思來嫌別人？我當然沒有打算理她，仍是繼續愛我的魏允揚，夫人也支持我們在一起，昊天更是直接喊他姊夫。他大學畢業那天，在所有人面前跟我求婚，我答應了。

我們的規畫就是，等我畢業，他也差不多要退伍了，然後他先工作個一、兩年存點錢，之後我們就公證結婚。我一直用這樣的想像，邊生活邊期待。畢業那年，父親問我要不要進公司工作？我拒絕了，自己在外面找了工作，當然也被母親又罵又嫌。但我不在乎，我更不在乎李家的資源，我和允揚就是想靠自己，夫人也明白我的決心，所以從不對我的決定指指點點，唯一有的就是支持。

但沒想到允揚退伍後的工作運並不是很好，都不是很穩定，再加上景氣不好，一直不是很順利，連帶我們的感情也受了點影響。後來，他突然跟我說他想出國去念書，或許回來會更好找工作，我也只能說好，我甚至想陪他一起去。但他堅持要我留在台灣，怕我去了，他會分心，沒辦法在最短時間內拿到學位，他答應我，會很快回來。

於是，我們開始了遠距離的戀愛，公司放長假時，我就飛去英國陪他。第一年還是像熱戀一樣，接著他開始準備論文，就算我過去找他，幾乎也見不到什麼面，他說再給他半年的時間，我便在台灣等著，聯絡漸少，我也不吵不鬧。

半年過去了，他還沒有回來，甚至失聯，半個月內完全沒有他的消息。我按捺不住，飛了過去，但人去樓空。我不知道他去了哪裡，隔天我飛回台灣，上他家找人，他家的人卻說他還在國外。

我想著到底是哪裡出了問題，每天吃不下睡不著。夫人擔心我，每天晚上都來陪我。四處找不到魏允揚，整整一個月，我像無頭蒼蠅，心就這麼懸著，不知道他到底出了什麼事。最後夫人為我找徵信社，很確定他還在英國，我更確定的是，我被分手了。

用消失這種方法，被分手了。

我哭、我難過、我氣、我恨、我憤怒，不能理解魏允揚為什麼要這麼對我。就在我拒絕母親為我安排的相親宴時，她才生氣的對我說，要我不用再等魏允揚，就算他回台灣，這裡也沒有他的立足之地。我才知道，魏允揚在台灣時找工作的各種碰壁，都是我母親搞的鬼。

「像他那種背景的男人，讓他再怎麼認真，頂多一個月四萬八薪水，請問對我們李家有什麼幫助？」我母親這麼殘忍的傷害女兒，「我只不過告訴他，回台灣，他一輩子沒前途，他自己害怕到不回來，這也能怪我嗎？他該感謝我，至少我在英國為他找到了不錯的工作。」我母親笑笑的對我說。把威脅說得這麼輕，像是拿刀在我身上劃，卻怪到刀子太利，我感到不可思議。

那是我第一次，想親手殺了我的母親。

後來才發現，我該殺的人，是背叛我的魏允揚。他那時為了我反抗我母親的種種好像才剛發生，結果轉身卻屈服於我母親的威脅。我恨的是他為什麼不告訴我？當初說好兩人沒有祕密，無論什麼困難都要一起面對，我們本來就知道，這段感情不會很容易，所以一定要互相扶持。

但他沒有給我幫忙的機會，就這麼消失。

沒多久後，我收到了他一封 email，內容好長好長好長，但都是差不多的詞語，他無可奈何、百口莫辨、各種說不盡的苦衷，他絕對不是有意要傷害我的各種屁話。無論藉口再完美，傷害就是傷害。我只回了他一句，「希望有一天，你也會跟我一樣痛。」接著封鎖了他的一切。

他和我母親拿我們的感情私下協商的這件事，我沒有告訴夫人和昊天，因為太丟臉了。我就這麼痴心等候著一個傷害我的人，太愚蠢、太不堪了。

接著，我過著不知道什麼是生活的生活，工作、吃飯、睡。

結果，他現在竟出現在我面前，問我能不能當朋友？我實在不知道該說什麼，我李蓓秀難道一直都是這麼好欺負的人嗎？還是他以為我還有情，會對他手下留情？

我真的各種意外，魏允揚居然能如此堂堂正正站在我面前，甚至一度還要同情我……

「培秀，咖啡烘壞了啦。」阿紫奶奶的聲音喚回了我的注意力，我才發現自己花太多力氣回想魏允揚的事。

「妳居然在發呆？」阿紫奶奶不可思議的看著我，「想男人？」她又猜。

我一陣心虛，「沒有，想新菜單。」

阿紫奶奶看起來不是很相信我的說法，但也沒有再繼續追問，只說了一句，「我醜話先說在前頭了，我一定要在三個月內找到妳的真命天子，妳等著。」然後就走了。

可是，我並沒有要等的意思啊，阿紫奶奶。

我喊不回她，也懶得再喊，繼續磨豆、洗杯、煮咖啡，試著平心靜氣，只有冷靜才不會被打倒，只有沉住氣才能看清一切。突然我的手機響了，撥電話來的是阿美姨。

「李小姐，姨太不讓我用廚房。」她這麼說。

我安撫她，「沒關係，給我十分鐘，妳等我消息。」

於是我撥了家裡的電話，接起電話的是阿水嬸，一聽見是我的聲音，便說：「大小姐，請妳稍等一下。」接著，我母親的聲音就在電話的另一頭出現了。

我很清楚，這是我母親逼我跟她聯絡的訊息，她自認為格調高，自然不會主動去擋一個新來的幫傭。看破自己母親的手腳，並不是一件多開心的事，要不是我變得深沉，就是她這幾年來，還是那一套老招。

「找我有事？」我問。然後她說：「見個面吧。」我實在覺得很煩躁，要接二連三見不想見的人，時間浪費在這上面我覺得很不值。

「時間地點妳再請阿美姨跟我聯絡。」我掛了電話。

不到五分鐘，我的手機響起訊息鈴聲，確認簡訊後，我放下手機，掛上「休息中」

的牌子，慢慢等著店裡的客人散去。最後整理好店內，脫下圍裙，好整以暇的往我母親說的地點去。或許是猜到了她要說什麼，我沒有什麼特別驚喜和期待。

一進到她訂的包廂，我坐到離她最遠的位置，因為不喜歡聞她身上過濃的香水味，那不是一個媽媽的味道。她神情不悅，「妳遲到了一個小時。」

我笑笑的，「妳大可不必等。」

她看著我，一股氣想發作，卻發不出來。

接著，我看著她總是上揚的眉尾頓時掉了下來，感慨萬千的對我說：「我們不是母女嗎？為什麼會變成今天這樣？」

我的思緒頓時神遊到外太空，很害怕我母親要用苦肉計，那我可是會笑場的。

「蓓秀！我才是妳媽啊。」我母親不知道是在提醒我，還是提醒她自己。

「我知道。」我說。

「那妳為什麼站在外人那邊？」她一臉不敢置信，像是我傷了她多深一樣。我頓時後悔透了，我為什麼要提前下班，來這裡看她演這齣戲，真的很難看。

我嘆了口氣，「妳到底要說什麼？」

「我要妳回公司，李昊天都回去了，妳還在賣咖啡。妳不爭氣點，公司以後變成李昊天的怎麼辦？」她氣急敗壞。

「很好啊。」我真心覺得非常好。

「妳瘋了嗎？」我母親氣得拍桌。

我笑了笑，「從沒有這麼清醒過。」她瞪大了眼看我，像是在看怪物一樣。沒有錯，我的叛逆讓我在她眼中成了怪物，可是，我的母親也在回到李家後，變成了另一個怪物。

我們沒有了相愛，只有相殺。

「過去，我沒有爭，自然以後也絕對不會爭，妳爭了十幾年了，爭到了什麼？看在妳是生下我的長輩分上，我也勸妳一句，夠了。過去妳明裡暗裡對我做的那些事，我已經不在意了，但妳從今以後更不要再把主意打在我身上，我對李家的一切，全都沒有興趣……」

我母親氣得開口打斷我，朗聲大吼，「那我生妳幹嘛！」

我笑了出來，「對耶，妳生我幹嘛？」生我，卻又不愛我？我深吸了口氣起身，「別再找我出來，淨說些廢話。我很忙，我還得賺錢糊口。建議妳可以去調查一下，我真的覺得我可能不是妳生的。」

從小到大，我最想問的一個問題就是，為什麼我母親要這樣對我？

然後，我想不到答案。唯一的可能，就只有我不是她生的，我才必須接受她對我的一切傷害，我才必須承認她對我沒有愛也是正常的，我才必須明白所有的媽媽都愛自己的小孩，我沒有被愛，那就是因為我不是她的孩子。

我轉身離開，走在高級飯店裡，我覺得陌生，想要快步離開，我的包包卻勾到了路人的行李箱，一個踉蹌，我和行李箱一起跌到了地上，狼狽至極。一旁飯店人員趕緊扶起我，「小姐，妳沒事吧？」

「沒事。」但我手心和手肘有點痛，而且包包的鍊子也斷了。

在我收拾著殘局時，我聽到頭頂上有人喊了我的名字，「蓓秀。」我抬起頭，就見到我的前夫一臉震驚的看著我。

我笑了，我苦笑，我不懂今天的磨難要到何時才能結束。

然後我說了一句，「你認錯人了。」接著落荒而逃。我嚇傻了，一向定居在香港的前夫何正一，我以為回台灣就不會再見到的前夫何正一，就站在我的面前，喊了我的名字。全台北的飯店這麼多間，他怎麼就這麼剛好在這一間？我甚至懷疑是我母親設的局嗎？但不可能啊，他們幾乎沒有交集。

我有被害妄想症，因為被害了太多次，很自然而然的，凡事都往壞處想去，這不是我不夠樂觀，而是我受夠了傷害。

我跑出了大廳，但沒有停下腳步，我仍聽到我的身後，何正一還焦急喊著，「蓓秀！李蓓秀……」到底找我幹嘛啦？不是已經離婚那麼多年了嗎？該算的早就算清楚了，該還的我也都還清楚了，他唯一還留在我這裡的東西，也就只有我對他的眷戀。

我躲在角落，看著他在前方四處找著我，他沒什麼變，只是更成熟了，外型和氣質都是。他找不到我，轉身往回走。我在他轉身的那一瞬間，見到了他臉上的惋惜，是我看錯了嗎？那個連辦離婚手續都不肯出現的男人，看到我該是不屑、陌生甚至是不以然，怎麼會是那副焦急可惜的樣子。

我帶著疑惑，隨便上了一班公車，我不知道這班公車會帶我到哪裡去，但我希望它帶我去越遠的地方越好，離這些人越遠越好。

我隨著公車晃到了晚上，換了幾趟車，晃到了家。

當我走上天台時，看到了一個穿西裝的背影。我停住腳步，下一秒，我又想往下跑掉時，那個人喊住了我，我以為是何正一，但聲音卻是魏允揚。我收回要往下走的右腳，轉身走上天台，站到魏允揚面前，發現早上我為什麼覺得香料盆栽哪裡不對勁。因為那堆盆栽裡，出現了一盆米蘭，我居然到現在才看見。

魏允揚常說我像一株米蘭，讓他精神奕奕，帶走周圍的壞空氣。那時候我在他的房間種了好幾盆，我威脅他，如果死了一盆，就要跟他分手，後來那幾盆米蘭，變成我在照顧，分手後一陣子，它們才死了。

「你早上就來過？」我問。

他點了點頭，我再也笑不出來了，「我不喜歡你這麼做，拿回你的米蘭。」我說完轉身要進門，他喊住我，「蓓秀，我真的很想妳，我也真的很後悔。沒錯，我是聽了妳媽的話，我是真的背叛了妳，但這幾年，我無時無刻都在後悔。要是讓我重來一次，我絕對不會這麼做。」

「可是人生不能讓你重來，做就是做了。」

魏允揚紅了眼眶，「妳媽不認同我，我能怎麼辦？甚至連我家的人也一起侮辱，我不就是沒有錢、沒有背景，但我很努力啊。我以為我在國外有了成績，就能抬頭挺胸回來，結果妳卻結婚了。」

「你當初為什麼不對我坦白？你以為自己忍辱負重，但實際你做的一切，都是在傷害我，傷害我們的感情！」

「妳也看到了，退伍回來的那年，我工作找得有多狼狽，明明不是沒有能力，但就是沒有人要用我。我覺得奇怪，我覺得不明白，我對人生有很多疑惑，是妳媽來找我，很誠實的告訴我，一切都是她做的，要解決這個困境只有一個辦法，就是離開台灣。我很天真，我拿了家裡所有的錢去英國念書，以為自己就算離得再遠，還可以擁有妳。以為自己可以翻身，甚至天真的以為妳能來英國和我一起生活。結果妳媽卻拿我家人的工作，來威脅我一定要分手，我家的經濟妳也知道……」

「那你為什麼不說？這段感情，只有你一個人嗎？沒有我嗎？」我冷冷的回，「我們在一起的時候，也都討論過這些不是嗎？那時候你怎麼答應我的？你說會，你說我們會一起走下去，不管什麼風雨困難。你有沒有說過？」

「我是說過，但是我不想讓妳為難啊。」他這麼說，只是讓我更覺得冷而已，我以為我會是他的依靠，但不是，是我把自己想得太美好。

「都過去了，我不想再講。」

「只要妳願意，我們不會成為過去。」

「可是我不願意，拜託你了，不要再來了。」我轉身走進屋內，當我關上門的那一刻，我想到的是：搬家。

重新和李家搭上線的第二個晚上，我照樣失眠，但我想到的，不是魏允揚，而是那倉促撞見一面的何正一，若是真的要比較，讓我最痛的，並不是魏允揚，而是跟何正一的那六年婚姻。

因為，我真的很愛他。

為什麼會那麼痛，也是因為我沒有想過自己會愛上他。

當那年，父親告訴我，有人願意出資救他的公司，那個人還沒有結婚，可以接受利益聯姻，那時候魏允揚剛離開我半年，再加上我母親時不時就逼著我父親跟夫人離婚，她就是想當李太太想瘋了。

嫁不嫁我都是行屍走肉，那不如嫁得有價值一點。和父親談好條件，我們很快就舉行婚禮，對外一律說是想要低調，其實不過就是不想放大利益聯姻四個字。有錢人很喜歡玩這套，以為不說就不會有人知道，其實全部的人早就都知道了。而另外一點就是，家裡都要破產了，婚還沒有結，沒有錢浪費，於是就簡單的嫁了，連婚紗照都是合成，夫人看著我的婚紗，哭了三天，覺得我好可憐。

殊不知，正中我下懷，不過就見了兩次面，拍什麼婚紗照？第一次見面是看看對方長得怎麼樣，第二次見面是談什麼時候可以辦婚禮，兩次都有我父親在旁邊，我們從未單獨相處過。

我一向不喜歡心高氣傲的人，何正一卻剛好是那樣的人，看起來很難親近。但剛好我也不愛親近人。婚禮上的「我願意」，我是看著夫人說的，他的「我願意」是看著我的捧花說的。

我實在不懂，他幹嘛跟一間要破產的公司聯姻，腦子裡到底出了什麼問題？

但我收下了我的不懂，我懶得多問，等到婚禮結束，我才有了：啊，接下來我要跟這個男人去香港生活的真實感。而我又該怎麼活？我的不安，是我坐上了飛機才開始出現。我在飛機上的洗手間裡流了眼淚，我笑我自己，其實從沒有自己想像的那麼勇敢。

而那一飛，我卻是六年後離婚，才又再回到了台灣。

再次想到過去，一晃眼已經凌晨三點多了。我沒有睡著，只能起床，打電話給了昊天，電話響了很久才接，一接起便是慌慌張張，「妳怎麼這個時候打給我？發生什麼事了？我馬上過去，妳等我！姊，妳不要怕……」

我冷冷說了，「我怕什麼？」

昊天才回過神，「那妳三更半夜打給我幹嘛？」

「你之前說，你去打了何正一？在哪打的？」

「問這個幹嘛？」

「有事才問。」

「他家啊。」

「他家？他在台灣有家？」

「我就請朋友查到他在台灣買了房子，那次被我遇到，就是他回來處理賣房子的事。我去找他，問他到底讓妳多傷心，妳才會不肯跟任何人聯絡……可是妳幹嘛問這些，你們都離婚了。」

「你不用一直提醒我們離婚了，我記得很清楚。」我說。

「妳想他了？都那麼久了，妳還愛他？」

我頓時一陣心虛，冷冷說了一句，「誰愛他，只是剛好想到，你可以睡了。」沒等昊天多說什麼，我就直接掛了電話。事實上我也很後悔撥了這通電話，這到底有什麼好問的？我根本就不應該問。

我們辦完離婚，我才從何家門口走出來的，早就是沒關係的兩個人了。

我愛過他，他不愛我，直到結束，我希望他安好。

睡不著的我，打開門走到天台，看到那盆米蘭被帶走了，我鬆了口氣。坐在外頭的涼椅上，我在手心寫上「魏允揚」三個字，然後用力吹走，再寫了「何正一」三個字，也用力吹走。

我對自己說，今晚想完就好了吧，妳現在已經是李培秀了。

我望著滿天星空，想著，幸福怎麼會都在天上，離我那麼遠，我抓也抓不到，碰也碰不著。有錢人不是什麼都能擁有嗎？但為什麼我什麼都沒有？我望著我空空的雙手。

眼角滑過了淚水。眼淚就是眼淚，不會變成珍珠。

第四章 往事，是一場醒不來的惡夢。

我覺得，我要是再失眠下去，某天就會死了。

好久沒有如此精神不濟。很想讓自己睡著，卻怎麼樣也睡不著的心情，總讓我想起過去，想忘記一個人，卻怎麼也忘不了的感覺。當有一天，你不再隨時隨地想起一個人的時候，你以為是自己忘了，其實根本沒有忘，只是學會了控制，控制自己不再想起。但那個人仍在心裡，被生活掩蓋，被時間刷淡，某日，也就是今天，才知道，啊，那椎心的一切，怎麼可能忘記。

「妳幹嘛啊？」昊天不知道什麼時候出現在我眼前，我卻完全沒有察覺。以我現在的精神，要讓我能察覺的，要不是恐龍就是酷斯拉了。

「煮咖啡。」我冷冷回答，就算我現在處於失神的狀態，我都沒忘，我的同父異母親弟弟出賣了我的消息，內奸。

「妳煮咖啡幹嘛用茶葉？」他好奇問我。我一怔，回神被自己給嚇到，趕緊將茶葉處理掉。「妳怪怪的耶，從昨天晚上就怪。」他上下打量我，眼神像走進故宮看著翠玉白菜一樣。我沒理他，因為現場還有客人，我還想隱藏我自己，畢竟我一生氣起來，很容易把熱水當冷水潑過去，把磨豆機當削鉛筆機丟過去，我為他擔心他的安危。

但他就是不識相。

「妳幹嘛不講話啊，妳想到何王八了？我就知道，妳想他幹嘛？是他不要妳耶，要不是妳失聯，找不到人，我跑去香港找他，才知道他拋棄妳，還跟妳離婚。妳沒事還想這種人幹嘛？」

他嚷嚷著像是要全世界都知道我曾經是個棄婦，我回頭瞪他，手一巴掌拍上吧台，發出了聲響。他馬上住了嘴，店裡的所有人也都住了嘴。我心裡覺得抱歉，我猜再這樣下去，客人被我嚇光，店也可以直接收了。

李昊天見我不對勁，這才開始有了危機感，但這危機感來得實在有夠慢。「不好意思，我是不是說得太大聲了？」為什麼林冬梅會生他？林冬梅要生的應該是我，我們比較像母女。

「魏允揚昨天早上去我家門口，也來店裡，昨天晚上又去我家門口。對於這件事，你有什麼想要解釋的嗎？」我耐著性子，因為不耐著也不行，我要是不耐著，吧台裡的三把水果刀，早已插在他身上。

他知道我生氣了，巴結、做作、噁心、不要臉的說了我母親的台詞，「姊，我是為妳好啊！」我左手已抽出最利的那把水果刀，昊天退後了兩步，忙找藉口，「就只是剛好遇到啊，像上次說的那樣。」

「你當我是白痴？一次遇到，能讓你掏心掏肺掏出我在哪裡？我信嗎？李昊天，難道你忘了，在我和他遠距離感情失敗的時候，你在我面前是怎麼罵他的？說他沒良心、說他搞消失，說他肯定在英國交了新女友。」魏允揚和我母親的協商，是只有我和他和我母親才知道的祕密。對外，和魏允揚分手的理由，就是遠距離戀愛的失敗，這是那時深愛他的我，最後一次給他的溫柔。

昊天一副往事已成雲煙的輕淡語氣，「可能是那時候，我還不懂事吧。」他居然這麼說，請問他有骨氣這種東西嗎？

「你不交代清楚，我就上去跟茉莉說，你的身分是富二代、小開……」

他差點沒嚇死，「姊！妳拿我的幸福開玩笑，這樣對嗎？」

「有什麼不對？」我回。

我直愣愣地盯著他，他被我看到心虛，才開口說了，「好啦，其實我跟允揚哥一直有聯絡。」

我嚇了一跳，非常大一跳，「一直？是從多久之前開始？」

他思索著，表情像是在找理由。

我馬上再補了一句，「我不要聽你包裝過後的，我要聽事實，你懂嗎？中文程度應該沒有那麼差吧？」我語氣差不多只有零下十八度。

他不敢再遲疑，只好全說：「其實妳結婚後沒多久，我還在英國念書的時候，就在學校遇到他了，他去學校跑業務。老實說，我一看到他真的很生氣，也沒有理他。但他只要一來學校就會來找我，妳也知道我也不是很喜歡交朋友……」我知道，我當然知道，我也不喜歡，我受夠每次掏心掏肺講出家裡的事情，隔天就馬上成為笑柄或茶餘飯後的話題。聊別人的人生到底哪裡有樂趣？

「所以他就慢慢攻佔了你的心？」我說，他尷尬笑笑，「對我來說，他就像是哥哥啊，有一次喝醉酒，他還哭了。他說他這輩子最愛的人就是妳，雖然妳結婚了，但他會一直等妳，他還要我別跟妳說我們碰上的事，不要打擾妳的生活。真的！我在英國那幾年沒見他交過女朋友，他房間裡放的都還是你們過去的合照。」

聽到這裡，其實我該哭的，能有人這麼樣愛我，我卻一點也不感動，他是愛我，但他更愛他的前途，才犧牲了我。我不在他的未來裡面，有什麼好值得開心？

「他也只能從我這裡聽到妳的消息，後來妳離婚了，不見了，瘋狂找妳的人不只我，他也是，他辭掉經理的工作，在香港找了妳半年，之後才又回英國工作，後來我找到妳了，我也掙扎到底要不要告訴他……」

「結果你還是不管我交代過幾百次，不要跟任何人說出我的事，還是對他說了，甚至把我住的地方、我的店，我的吃喝拉撒全向他報告了？」原來我母親見我吃裡扒外的心情是這個樣子。

感謝昊天、讚嘆昊天，要不是他，我怎麼有機會體會到我母親內心的滋味？

他尷尬笑了笑，又補一句，「允揚哥那時候消失是他的不對，我也很氣他這點，但不能否認的，他比何王八好。」

「你不是該換衣服好去上班了？」話不投機，懶得說。

「我說的不是事實嗎？我去找何王八，說妳根本沒回家，妳知道他什麼表情嗎？沒有表情！不管再怎麼樣，妳至少曾經是他的太太，他也太無情了。想也知道，妳和他結婚吃了多少苦！」

其實，我並沒吃到多少苦。

那段日子，是我當李蓓秀的人生中，最快樂的日子。

結婚那年，我才二十六歲，帶著人生的萬念俱灰出嫁。我沒對我的婚姻抱持著多大的希望，就是跟一個只知道名字的陌生人生活。何正一是半個香港人，父親香港人，母親台灣人，雖然他們家在台灣也有事業，但業務多半是在香港，所以我們在香港定居。他大我兩歲，父親還健在，只是失智，住在別墅裡，有看護照顧，聽說我還有幾位大姑，但他不提，我也不會問。

這就是我要嫁給他時，知道的全部事情。

反正那時失去一切的我，根本不在乎他到底有哪些背景，我只知道他年紀輕，有錢，婚姻是他生意的一部分。不需要花感情的事，我覺得很好，對那時候的我來說，都很好。

舉行完婚禮，我們搭機回到他家，一直到進家門前一刻，我們仍一句話也沒有。他是個不多話的人，這點我非常感激。而我以為，我會住像李家大宅那樣的大宅，幸好沒有，我們就只是住在公寓頂樓，沒有奢侈的裝潢，這點我也很滿意。

「妳需要佣人嗎？」這是他第一句對我說的話。

我搖頭。他從他的鑰匙裡拿了一把出來，放到桌上，「這是家裡的鑰匙。」我點頭拿過。「我明天要去德國出差半個月，隨便妳要幹嘛，家裡會有固家的阿姨來清掃，妳自便。」就這樣，他就轉身去書房了。

我呆站在客廳裡，不曉得自便兩個字的程度到哪裡，意思是我可以隨心所欲，還是要保持客氣？我還在想要怎麼做的時候，他又突然走了出來，和我對看了三秒，指著右邊介紹著，「那裡是房間、那是廚房……」很簡單說了一下，又說了那三個字，「妳自便。」然後就表情有點困窘的離開了，看來是不曾做過這種體貼的事。

而「自便」這兩個字，我想，應該是讓妳自生自滅。

於是我把行李拖進房間，四處探索著，才發現這房裡有一半空間都是空著的，男左女右，房間像是中間被畫了一條線，連棉被都有兩條，浴室也有兩間。比起夫妻，這種感覺，更像合宿。

頓時，我覺得輕鬆。

放置好帶來的簡單衣物和生活用品，我洗了個澡，吹乾頭髮後，看著床，不曉得該不該躺。嚴格說來，今天算是我們的新婚之夜，他會要我和他上床嗎？我該不該在床頭櫃上放包衛生棉，讓他以為我月經來了？我無法想像和一個沒有愛的人做愛的畫面，那該怎麼反應？

我就坐在床上想著，而當我再次睜開眼睛時，天卻亮了。

我望著另一邊連翻都沒翻的棉被，新婚之夜，我獨守空閨，我不知道我的先生有沒有進來過。但無論如何，我覺得好開心，我抱著棉被笑了好久好久。趁著他的第一次出差，我好好的熟悉了家裡所有角落，發現這個家，不像是家，像是他的過境旅館。屋裡沒有任何雜物，衣服都是西裝，居家服只有兩套，唯一比較常被使用的，便只有書房，那裡，還有一點點人味。

我不知道我的先生是個什麼樣的人，至少在他回來之前，我不是何太太，我只是李蓓秀。於是我一個人在香港探險，沒有門禁，沒有負擔，我去了太平山，去了海洋公園，去吃了大排檔，去走了幾次中環。我慢慢知道地鐵該怎麼搭，該怎麼生活在這個地方時。

他從德國回來了。

在我正吃著泡麵，用電腦接上電視，看著羅志祥和言承旭演的《籃球火》時，我看到了我的先生，推著行李箱風塵僕僕的回家。我們對看了一眼，我腦子頓時閃過三種選擇，一是微笑說聲嗨，然後繼續看電視劇吃泡麵。二是像我母親一樣，總在我父親開門的那一瞬間，超越夫人直接迎上去。三是當作不認識，但怎麼可能當作不認識？

但他選了他那一個，「妳繼續。」然後推著行李回房間。

於是我只好繼續看影片吃泡麵，聽著房間傳來的開行李箱的聲音，開櫃子的聲音，放水的聲音，各種聲音……我的籃球火看不下去，但也得裝著看下去，不然關上電視和他大眼瞪小眼嗎？接著沒多久，就見他穿著居家服，經過我面前，然後晃到他的書房。我聽著關門聲，一放鬆，瞬間癱在沙發上。

接著換我去做他剛做過的事。洗澡、梳洗，快速躺回床上，全身緊繃著，快樂的兩個星期一下就過了，快得我都沒有時間去想現實的事，所以今天才會感覺這麼狼狽。

我不知道瞪著天花板多久，才聽到開門的聲音，那一瞬間，是我第一次後悔嫁人，我怎麼會這麼魯莽？怎麼會那麼衝動？怎麼不多左思右想？怎麼……

在我各種煩躁時，我感到他躺上了床，然後……他睡了？

他就躺在我的身邊，蓋上他自己的棉被，就這麼睡了。我傻眼，開心到傻眼，接著比他更開心的睡了。

接連好幾天，我和他都過著同樣的日子，他早上八點前出門，我還在睡，晚上十點回家，我準備要睡。然後每天在睡前，我都像是個慷慨赴義的戰士，要為國捐軀、為國家奉獻一樣，在確定他入睡前的那一兩個小時間，都像是一把槍指在我的頭上，要開不開的。

我到第十天的時候，受不了了。

在他從書房要進房間的那一刻，我坐起身，對他說：「我們可以談一談嗎？」

他看著我一愣，「要談什麼？」他問。

「我們可以不行房嗎？」我實在是說不出另外兩個字。

他想了想後，點點頭，「可以。」

非常的爽快，接著倒頭就睡。我很感動，第一次覺得自己嫁了一個好人。那一刻開始，我每天都睡了好覺，每天早上起床，都會看到他已經摺好的被子。從沒見過我父親摺被子，我覺得奇妙。

結婚第一年，我們只是同床的室友。他一個月出差兩次，一次時間長，一次時間短，我們甚至沒有同桌吃過飯，也沒有講過什麼話，頂多我會說一句，你回來了，他就會回一句，嗯。

這一年，我過得很平凡，白天看看書，晚上看看電影，補回了很多平靜。結婚是我逃開李家的條件交換，我故意不去想夫人、想昊天、想我的父母親。偶爾收到昊天給我的簡訊，都說他們很好，那我也只好覺得他們很好。

結婚第二年的某一天，我突然接到何正一的電話，他很冷靜的說了一句，「我爸過世了。」接著兩個小時後，我穿著全黑的服裝，被他的祕書直接帶到了告別式場，就見一堆年紀比他大了好幾歲的人叫他叔叔、舅舅的，但表情都是一臉不爽的樣子。

感覺全家人都便秘一樣。

我憑著同是這種有錢人愛亂生孩子的背景，猜到了何正一是我公公最後剩下的兒子，也是最小的，另一個兒子好像生病死了。幾個姊姊看他不順眼，總是在公司裡扯他後腿，因為他修理了幾個沒本事硬要進公司的姊夫、親戚，他好像常和人決裂。

「你在家的人緣好像不是很好？」我真的忍不住問。

他突然轉頭看著我，似笑非笑的，「妳不也是？」

「所以你是這樣才娶我的？同病相憐？」我問，他又一次似笑非笑的聳了聳肩。此生我最恨人家聳肩，是五十肩嗎？有話不會用說的嗎？看在今天是公公的大日子，就不跟他這個兒子計較了。我冷冷的看了他一眼，轉身走到沒人的角落，繼續聽他的八卦。

我公公將遺囑立好，直接將事業交給我先生之後，就自己住進療養院，等著風乾老化。後來他慢慢失智，那些大姑也似乎不曾去看過他，聽說我公公死去的那個晚上，就只有我先生一個人陪著。

我的耳朵好忙，聽著這些閒言閒語，一直沒有休息過。

實在是有太多疑問了，我又跑回去問他，「欸，你父親要離開那天晚上，你為什麼不叫我？」他傻愣愣的回，「為什麼要叫妳？」

「至少我是你太太吧。」我說。

「妳只是我太太。」他回，然後我不知為什麼，心裡有點不愉快，但只有一下下。

我這才發現，他不要我做更多，我就只是他名義上的太太，其他的事都不用管。無論是他覺得我派不上用場，還是只想好好維持這樣的交易關係，我都很好。

正好落得清閒，哼。

而告別式，就是看清一個家族裡所有人最好的場合，我也是在奶奶死去的時候，才知道我母親是我爸的小三。我就聽著那些酸言酸語，和各種挑釁的話，一句句進到我先生的耳裡。原來，娶我是不讓誰左右他的婚姻，所以才花錢買了我。我卻連他有哪些家人都搞不清楚，那些很煩的姊姊們從沒正眼瞧過我，雖然這點我滿感激的，她們正眼看我，我反而害怕。

張嘴閉嘴全都是錢，講得好像是我先生害她們變窮，但她們為什麼還能全身名牌？我先生也像是個聾子一樣當作沒聽見，辦好了儀式，送完了公公，在心裡唸著，請他原諒我這個不孝的媳婦，就算曾有過要見公公一面的念頭，一看到我先生面無表情的臉，那個念頭就會瞬間消失，魂飛魄散。

走向停車場時，幾個姊姊又圍了過來，要我先生把錢吐出來還她們。我在她們每個人的身上，看到了我母親的臉：貪心。

有個姊姊甚至推了我先生一把。我真的很生氣，我們兩個再怎麼沒有感情，好歹也同床了一年多，看在他從未搶過我被子的分上，我很火大的拿出錢包。我眼角瞄到了我先生的表情，有點錯愕。

我把錢包裡的港幣很平均的分給她們。她們一臉莫名奇妙，我看到了我先生默默轉過頭去，不曉得是在幹嘛，但我聽到了偷笑的氣音，他不會是這麼悶騷的人，居然還會偷笑吧？那些姊姊看著手上的錢，惡狠狠的說了難聽的話嗆我，「妳這是什麼意思？」「妳當我們乞丐嗎？」

我心裡一驚，這點心思，居然也被發現了，我只好誠實以對，「妳們當街要錢，不就是乞丐嗎？」然後我伸手拉著我先生離開。由於我不知道他的車到底停在哪，而這個時候我們絕對不能回頭，也不能拖拉，所以就這樣一直往前走，一直往前走，確定離開了那些姊姊的視線後，我才放手。

回頭看著他，我以為他至少會對我說聲謝謝，但他沒有，他只是看著我說：「妳……走過頭二十分鐘了。」那時候我差點就跟他道歉了，只是我忍住了，畢竟是我救了他好嗎？他也沒有理我，伸手攔了輛計程車，叫我上車。我以為我們會回家，結果沒有，他回公司繼續處理事情。

那幹嘛讓我也來啊！哈囉？

我也不想問他，就坐在沙發上看雜誌。翻沒幾頁，我這嬌貴的身軀就乏了，直接睡著，再次醒來，就是被他叫醒，「吃飯了。」我坐起身，他的西裝外套從我身上滾下。他一愣，手很快的搶過外套，好像想抹滅他曾經留在我身上的……溫柔嗎？這兩個字好像有點太過，我猜不過就是怕我感冒，而他不知道家裡的感冒藥在哪裡。

我很體貼的當做沒看到這件事，他把外套丟到一旁，裝沒事拿起便當準備要吃，我好奇的問：「這是晚餐？」

他點頭。

「便當？」我好奇問。

「嗯，妳不吃便當？」換他好奇問。

「吃，肚了餓什麼都吃，只是要吃便當，我知道哪一間更好吃。」我幾乎吃遍家裡附近所有的小攤和茶餐廳，我心裡有排行榜。但我先生只是抬頭看了看我，沒有想要問我第一名是哪一家的意思，我也只好開了便當。這是我們夫妻第一次一起用餐，這種氣氛應該算浪漫吧？各吃各的，真的很浪漫。

吃完之後，我以為我們可以回家了，結果他居然又坐回辦公桌前，繼續辦公。我看，他在懲罰我吧。「為什麼不先讓我回去？」我忍不住問。

他低著頭邊看文件邊說著，「妳以為我那些姊姊不會因為妳罵她們乞丐，跑去家裡堵妳嗎？」

我這才發現他的用心良苦。

「別惹她們。」他突然抬頭對我說。我看他表情嚴肅，明白自己惹了不好惹的人，只能點點頭。

從那天開始，他出差的頻率沒有減少，但每天提早了一個小時回家，只是依然待在他的書房裡面。很偶爾的偶爾，他會帶些點心或消夜回來，對我說：「少吃便當。」

我？

先生，你帶回來的點心跟消夜和便當，同屬外食啊！

我沒有苛責他，我也不能苛責他，因為他大概只分得清楚工作上的事。於是結婚第二年，我們成了同床加偶爾外帶消夜的室友。這一年，我仍然什麼都沒有做，看了更多的書，得到了更多的平靜。

睡在他身旁，我意外的感到平靜。

結婚的第三年，我跟他說，我想去打工。我從小到大念書時，沒有為錢煩惱過，就算後來在別的公司上班，薪水也從不是重點。吃家裡住家裡，我的生活有夫人為我打點，根本不用擔心，腦子裡煩惱的都是錢不能解決的事。我以為他會拒絕這個要求，畢竟偶爾陪他參加聚會時，我也算是有頭有臉的何太太。

但他居然點頭說好，我很意外。

「真的可以？」我問。

「為什麼不可以？」他反問我。然後我心裡好開心，我母親最常跟我說不可以，而他卻說了我常說的話，我好像看到了我在他身體裡的某個部分，他好像是知道我的。我很開心，但我沒有表現出來，有些感動是不能說的，尤其是我和他這種假面夫妻。

於是我在住家附近找了間咖啡店打工。我並不愛喝咖啡，因為日子已經夠苦了，只是咖啡味很香，聞著會讓人上癮。尤其他很愛在回家的時候自己煮一杯，讓我聞香，卻從來沒有問我，「妳要來一杯嗎？」沒關係，反正我不想喝，哼。

我工作得很開心，就算被客人白眼，我也覺得有趣。有對早上自己帶早餐來店裡吃，只點了杯熱咖啡一起喝的爺爺奶奶，用廣東話說要介紹他們孫子給我。我說我結婚了，他們都嚇了一跳，以為我是外籍新娘。有個每天下午來喝咖啡的年輕人，總會帶上一本書，書卻從來沒有翻開過，只看著窗外嘆氣。有個女孩總是會來店裡，偷看對面燒臘店的帥氣男店員。

觀察客人，真的是一件很有趣的事。

然後，有一天就突然看到了我的某個大姑站在門外，一臉驚訝的看著我。我也震驚的看著她，那次罵她們乞丐的事，我知道還沒有結束，而我的班還有三個小時，她們趕得及全部集合，來到店裡好好整頓我一番，那天差點連店都砸了。千萬要相信一件事，有錢人真的沒有比較有水準，看看我母親和我的大姑們。

我被老闆請回家了，他說店裡請不起我。我也不想讓他為難，好聚好散，而且他知道我是台灣人，我不能丟台灣人的臉。我感謝他對我的照顧，這是我第一次失業。

真的是，非常不爽。

但我沒有告訴何正一這件事，結果過了兩天，咖啡店老闆來電，說我可以回去上班。我問為什麼，老闆才說我先生親自上門向他道歉，說他太太在店裡工作得很開心。不知道為什麼，我紅了眼眶，不是感動，而是「太太」兩個字。我一度以為，來到香港只有自己一個人，原來也有了家人。

他的身分，從室友升級成了家人，我們的生活經驗值加了百分之十。

但我拒絕了老闆，我不想我先生再為我去道歉一次，也不想害老闆又因為大姑們，店裡再出事。我想到夫人曾對我說的一句話：忍氣吞聲，有時候是對珍惜的人的一種體諒。那時我還覺得這到底是什麼瘋話，活著為什麼要忍氣吞聲？

此時此刻，我好像可以明白了。

那天，何正一在九點回到家，我主動為他煮了杯咖啡，為他送到書房，對他說了聲謝謝，還有對不起。他也知道我在說什麼，聳了聳肩，一臉不在意。我笑笑轉身離開，他卻喊住了我，「我明天要去台灣出差，妳想一起去嗎？」看他表情，應該是以為我想家了。殊不知，我想的不是李家，想的只有李夫人跟李昊天。

要見面嗎？我不知道，我會不會看到夫人就開始軟弱？

「妳想好再跟我說。」

其實我根本什麼都沒有想好，但還是跟他回到了台灣。在我還在掙扎要不要去李家看夫人時，夫人已經出現在我面前，是我先生請司機去接她來的。難道我先生在我的腦子裡裝了監視器？怎麼才剛想什麼，就看到了什麼？

夫人清瘦了許多，不過精神還算好，只是一看到我，她就是自責和難過。我知道這是見面的必經過程，但我真的不喜歡，也就是這樣，才不願意見面。我們都活在彼此的假象裡，認為彼此都很好，這樣就好了。連夫人傳給我的關心簡訊，我也只是很久很久才會回一次，我們都該面對自己的人生，不要為彼此牽掛。

我不要她為我累。

「他對你好嗎？」她問，我毫不猶豫點頭，以這樣的方式結婚，能夠這麼心平氣和的一起生活，算很好了吧。

「妳好嗎？姨太有沒有為難妳？」

夫人搖頭笑笑，「正一在公司的股份這麼多，她看在妳的分上，不會對我怎麼樣的。」

我笑笑，那就好，然後我又問了夫人，「妳快樂嗎？」因為嫁給何正一後，我還滿快樂的。

我每天就算沒事做，也很快樂，因為心情輕鬆，夫人苦笑，沒有回答我，我對她說：「如果妳想離開，我會支持妳。」

「都走到這裡了，沒有離開的理由。」我心想，怎麼會沒有理由？不快樂就是最好的理由啊。

但是夫人捨不得，她很愛我父親。

我便不再說，企圖說服別人不痴這件事，本身就是痴了。

「妳要回家看看妳媽嗎？」

「妳確定我不會被趕出來？」她連婚禮都不參加，因為被我氣的，被我要求父親不能和夫人離婚的條件給氣的。再加上我先生入主了家裡公司，她心裡不高興，我更不可能拿我的熱臉去貼她的冷屁股。

反正，我在她的人生裡又不重要。

和夫人聊了太久，正準備送她回家時，我先生忙完了正好回到飯店房間，說要陪岳母吃飯。聽到他喊岳母跟聽到他喊我太太時的反應一樣，我有了一個像樣一點的家人。我們在飯店的中餐廳吃飯，很和氣、很溫馨，夫人也開心，不用一言不合就摔盤子、丟筷子，我先生不多話，大多都是夫人問，他回答。

他甚至為夫人挾菜，為我倒水。

我感動的看著他，他卻回了我一句，「妳沒有吃飽嗎？」難道我看著他的眼神，是饑渴的？無論如何，我都很開心我先生帶了我們一起吃飯，而我也真的吃了一頓像樣的晚餐，平安的送走了夫人。

這個晚上，我們睡在同張床上，蓋了同一條被子。

結婚的第三年，我們偶爾會聊聊天，說些言不及義的話，「阿姨說你用的沐浴乳停產了，你要換牌子嗎？」「妳看著辦。」「家裡那台咖啡機不能修了，你要買新的嗎？」「妳看著辦。」家裡的事，全由我看著辦，於是我減少了阿姨來幫忙打掃的次數，試著好好養護這間房子。而他要去出差的時候，會問我要不要一起去，每天他去開會，我就在當地亂逛亂晃。

「今天買了什麼嗎？」他問。

「買什麼？」

「紀念品啊。」

「買那個要幹嘛？我來這裡玩，才是這個國家最值得紀念的事吧。」我很認真，下次我再來這裡，再走過一樣的路，都不知道是幾年後了，這個國家難道不用珍惜我，不用紀念一下嗎？

他冷冷的看了我一眼，先躺下睡覺。看樣子，應該是認同我說的話，但是不好意思承認。我也只好躺了下去，一樣同一張床，同一條被子，各睡各的，但我的心裡卻總是莫名踏實。

結婚的第四年，我開始學作菜，因為每次他回家看到我吃泡麵的表情，都好像我吸毒無可救藥一樣。但當他回家看到我手裡端了炒飯、炒麵、咖哩飯，甚至還有湯之，他的下班時間改成了七點。我也只好問他，「我要煮飯，你要吃嗎？」「妳看著辦。」真的是很會把問題丟回來給我。

於是，我開始煮起兩個人的晚餐。除了他出差，或我跟他一起出差，不然我們都會坐在餐桌上好好的吃飯，就算是不說話也很自在。有時候吃完飯，他甚至會幫忙洗碗。

「你會洗碗？」我好奇的問。

「我會洗澡，這跟洗澡有什麼不一樣嗎？」他說得理所當然。

他的眼神好像是我瞧不起他一樣，接著，我看著他每洗一個碗，就伸手壓兩下洗潔精，第一次被過多的泡泡嚇到恐慌，那泡泡都要滿出碗槽。

我只好提醒他，洗一次碗，壓兩下都嫌多，他不語，像是沒有聽到我說的話一樣，但接下來每次洗碗，他就只壓一下。

結婚的第六年，我對當何太太更得心應手，房間的那條線，不知道從什麼時開始不見了，我的東西偶爾會放到他那邊，他偶爾會過來用我這邊的浴室，床上的棉被也剩下一條。有一天，他把我叫到書房，給了我一張財務報表，老實說我看不懂。

「這是我有的東西，也是妳有的。」然後告訴我保險箱號碼。

「我知道這個要幹嘛？」

「因為妳是我太太。」這不是他第一次說，這次我的心卻跳得特別快。

接下來的相處，我像極了我最討厭的思春少女，莫名其妙就臉紅，三不五時就會傻笑。他晚歸我開始會擔心，連打呼都怕被他聽見。我開始很在意他，我自己知道為什麼，愛自己的先生，不是應該很正常嗎？

可是我們的婚姻狀態，愛上他，可能不是太好。

他對我很冷靜，雖然像家人，但更像是合作伙伴。他對我的感情也就只有這麼多了，為了不破壞現在相處的平衡，我努力保持兩人的距離，試著用他對待我的方式來對待他。

我可是每天睡在他旁邊的人，他卻從沒有跨越那條線。

很明顯的，我並不引起他的興趣，這讓我很挫折。但沒有辦法，與其要他愛上我，我更願意和他保持這樣相知相依的關係。我甚至開始拒絕和他出差，主要是怕我會情不自禁脫口說出，「不行房那個約定可以取消嗎？」不可以，我絕對不能這麼做。

接著，我開始故意在晚上去學東西。久久才煮一次飯，他也從沒有說什麼，甚至很快的適應。我覺得失落，我對他來說就是可有可無的人。我像是被拋棄的怨婦，做什麼都不起勁，甚至有點情緒化，連我都不喜歡自己。但他還是那樣，過他自己的生活。

有天我莫名發了一次脾氣，決定泡杯咖啡去向他道歉時，在書房外面聽見了他說：「她就是我花錢買回來的女人……」當下我又快步走開，心臟好像要從嘴巴裡跳出來。原來他能一直保持一樣的態度，就只是因為……我真的就是他花錢買回來的，「太太」不過就是一個稱謂。

我紅了眼眶，把咖啡倒進水槽，然後躲在浴室哭了一個小時。從那天開始，我也能回到過去的樣子，我對待他，像是對待我的老闆，就只有這樣。

在我還沒能好好武裝自己的時候，我父親和他又共同投資了另一項事業，要我和他回台灣一起出席慶祝儀式。我先生沒問我過我的意見，便訂好了機票。這是我第一次和他一起走進李家，住在我的房間。

「妳不想回來嗎？」他看我似乎不是很開心的樣子，這麼問了我。

「我想不想重要嗎？」

「妳心情不好，我以為妳想家了。」他說。

在那當下，我很想直接跟他說，不是！是想你了，是每天都想你了，無時無刻都想你了。因為太氣自己，所以才心情不好，何止不好，是很不好。但我沒有說，這個感情我只能收在自己心裡的抽屜，然後上鎖。

我扯著笑容，換上了高雅的洋裝，努力成為何太太，陪他見過一個又一個賓客。直到累了，我坐到了花園一角，看著他繼續社交。他會笑、會說上好聽的話，他就像個紳士，用臉頰碰著向他微笑的所有女客人的臉頰。

難怪我先生事業這麼成功。

我悶悶的喝著酒，不知不覺喝多了，看著他和某個企業的千金站在一起，那女人笑得好溫馴好無害，我跟她差太多了。就算和魏允揚在一起，我也從未自卑，但為什麼在何正一面前，我就只像是一個商品。我看不下去，我走到了花園外的噴水池，拿了瓶酒，自己敬自己。

我不知道自己喝得多醉，恍恍惚惚見他坐到了我的旁邊，拿走我的酒杯，卻什麼話都不說。

「你會不會後悔娶我？」我居然問出這種沒志氣的話。

「為什麼這麼問？」

「你會不會覺得花差不多的錢，你可以娶到更好的女孩，不是一個小三生的女兒？」他沒有回我，我的眼淚掉了出來。「何正一，你愛我嗎？」他仍然沒有回答，然後我脫口而出說了那一句，「可是我愛你。」

但他還是沒有說話，我的告白掉進了噴水池裡。我哭了起來，原來利益聯姻，是不會有愛的，我以為我不會愛上他，但我卻愛上了。他拍拍我的背，我更沒有志氣的伸手抱住了他痛哭，他緊抱著我，還是一句話也沒有。

哭了好久，沒有得到他的任何回應。

隔天，我起床，他若無其事般對待我，我們上了飛機，回到了香港，卻回不到了過去。以前是我故意找藉口躲他，現在換成他躲我，我們不再一起吃飯，房間裡的那條線又拉了起來，一切都走回原點，甚至比原點更糟。

原來，我的愛會讓他退縮，縮回他原本的人生。也是，我是用錢買來的，有了情感本來就很麻煩。我們之間頓時莫名緊繃了起來，沒有了對視，更沒有了對話，我不再煮咖啡，我會開的就只有紅酒，每天都喝到醉才肯睡。甚至得要在外頭喝到比他晚回家，才有一種勝利感。

某天，我在床頭看到離婚協議書。

我坐在床上哭了好久好久，以為自己看錯，以為自己還沒有酒醒。但一分一秒過去，離婚協議書幾個字還是大得觸目驚心。我花好了久的時間，整頓好心情，才打電話給他，淡淡問著，「你要跟我離婚？」

他也淡淡回答，「對，贍養費妳若不滿意，可以再提。」

「為什麼？」

「沒為什麼。」他就這麼敷衍了我。

「你真的要離婚？」我再問了他一次。

「對。」他回答得迅速又堅定。

「好，但可以不用給我贍養費，娶我，你已經虧很多了。」掛掉電話的同時，我也順便簽字了。

從那天起，他就再也沒有回家過了，這中間只有祕書和律師來過。我一樣表達了我的立場，一毛不拿，連房子都不要，祕書卻一直要我收下何正一在台灣的房子，大概知道了我會無處可去，最後仍會回去台灣一樣。我堅持什麼都不收，只留下脖子上的那條項鍊。

因為項鍊上有我們的結婚戒指，我不想還。

最後一次手續，我對祕書說：「我想再見他一面。」但祕書一臉為難，像是我問了多尷尬的問題。

我苦笑，看著祕書，「他不想見我？」祕書沒有回答，我也只能當作默認。

「不過老闆說，這裡妳想住到什麼時候都可以。」

「不用了，謝謝你。」我提了早就準備好的行李，把屋子留給了祕書。我在機場裡坐了一天一夜，想著自己該去哪裡，該到哪裡？最後發現，我還是只能回去台灣，但我不會回家。

於是我買了機票，回到台灣。我在街上流浪，腦子裡有無數個疑惑，我的愛真的有這麼沉重嗎？讓他得用離婚才能逃離我，我到底做錯了什麼？原來過去能好好相處，是因為我還沒有愛上他，當我愛上了他，他卻無法再好好跟我相處。

我真的不懂，也不想再懂了。

第五章

人生到死都搞不懂的事，何其多。

就在我仍想著和何正一的那段婚姻時，突然間我的手被拉了拉。我才剛回神，就見昊天拿著我的手，正要去掌他的嘴，發覺他一臉要哭要哭的樣子。

我急伸回手，「你幹嘛？」我覺得莫名其妙。

「妳知不知道，妳失神很久耶。」

「我失神？」

「對啊，我怎麼叫妳，妳都沒有回應耶，我差點上樓請阿紫奶奶下來驅邪，妳一定是被什麼髒東西附身了。」

我懶得理他，「我只是在想事情。」

「什麼事可以想十分鐘？」十分鐘？原來把六年的婚姻回想一次，只需要花上十分鐘，日子怎麼會如此的微不足道？痛苦更是，甚至那晚的痛，我想完也不過花了五秒，我離婚了，然後很痛，就這麼結束了。

「你少雞婆。」我懇求我的弟弟，原來不想何正一的，因為我弟找到了我，我也只能開始想了。

他覺得我在說傻話，「妳那麼不懂事，我怎麼可以不雞婆。」

我冷哼一聲，「哪裡不懂事？」

「全部。」昊天直接說，完全不給我留情面。

「李昊天，話講清楚。」

他對著我大聲說：「我們家就妳活得最隨心所欲，想幹嘛就幹嘛，想結婚就結婚，想離婚就離婚，想消失就消失，如果這些是妳愛我和我母親的方式，我真的覺得很不懂事。」他今天像個哥哥。

怎麼辦？我頓時無法回話，那個老是跟在我屁股後面的小弟弟，竟已經長大到開始對我說這些話，而且他好像又說得很對，讓我面子掛不住。

「你該去上班了。」我轉身，假裝忙碌。

「妳才該好好想想以後怎麼過。」他居然教訓了我。

「我這不是過得好好的嗎？」

「有沒有好好的，妳自己知道。」他又打我臉一次，我沒好氣的直接拿了手上的檸檬往他砸過去。

他居然還笑笑的，「哇，李草字頭蓓秀，好久不見。」我弟弟抓到我的失誤開心死了，「姊，妳知道嗎？我第一次看到丁熒的時候，一直覺得她好像十年前的妳，雖然那時妳脾氣不好，但至少像個人一樣。」

我沒說話，拿起室內電話，「喂，茉莉，妳上網查一下李彥明跟李昊天的關係……」都還沒說完，電話馬上被昊天給按掉。

「妳會不會太無恥了？」他氣得急跑上樓，要找茉莉解釋。

但其實我電話根本連撥都沒撥出去，作賊心虛。

於是十分鐘後，我看著茉莉氣呼呼的下樓，後面還跟著李昊天眼巴巴求著的樣子。身為姊姊的我，也只能嘆息搖頭。這孩子真是沉不住氣，我覺得他也別接管公司了，道行太淺，早晚都會倒吧。

我繼續當個店老闆，煮咖啡、收桌子、洗杯碗，然後趁客人都走得差不多的時候，到外頭替那些盆栽澆澆水。接著，一輛大貨車靠近，載著些桌椅櫃子，停到了我的店門口。我以為是路過的客人要買咖啡，正要打招呼時，又一輛車子停在大貨車後頭，走下來的人是魏允揚。他對著司機說：「就是這裡的四樓。」

我一愣，聽不懂他在說什麼。

然後阿紫奶奶突然出現了，熱情的招呼著魏允揚，「揚揚，你來啦！小心點搬，別刮花了我的樓梯，雖然舊，但是有感情的啊。」

揚揚？我差點笑出來。

「沒問題的，阿紫奶奶。」魏允揚笑著回答，接著笑笑看著我點了下頭，便開始和司機一同搬著東西。我轉身走進咖啡店，阿紫奶奶也跟了進來，今天的阿紫奶奶穿得像是化學色素加了太多的芋頭牛奶。

「培秀啊……」阿紫奶奶討好地喊著我。

我頓時反胃，但仍笑笑回頭，「有什麼事嗎？」我問。

「妳怎麼都不好奇？初戀情人來了耶，這樣重逢相遇是不是很浪漫？」阿紫奶奶沉醉的說著，好像魏允揚才是她的初戀一樣。要說浪漫，我在飯店撞上何正一，不是更浪漫？

我倒抽一口冷氣，為什麼又想到何正一？

我壓抑情緒，笑了笑，回應阿紫奶奶的問題，「我不好奇，因為他對我來說，只是一個陌生人。」

「什麼陌生人，你們就是天生一對，妳這輩子的姻緣就注定是他了。所以我才把四樓租給他啊，這樣，你們可以再一次日久生情。我是不是做得很好？」阿紫奶奶一臉討好的看著我。

「不只是妳做得好，我弟也有份吧。」

阿紫奶奶一驚，「怎麼什麼事都瞞不過妳啊？妳才應該改行，來跟我一起經營聯誼社，還可以幫人收驚解籤詩呢。」

我難得的嘆了口氣，「阿紫奶奶，妳不要聽昊天亂說，他一定把我的初戀講得天花亂墜，才騙得妳願意租出四樓。我和他不可能的。」

無論我說得多麼斬釘截鐵，阿紫奶奶仍是聽不下去，「妳的真命天子就是他了啦，相信我，不管妳現在怎麼說不是，命運安排你們是，你們就會是啦！這就是天注定！」

「阿紫奶奶，妳到底在講什麼？我沒有權利干涉妳要把房子租給誰，但我希望這和我的私事沒有任何關係，尤其是感情。」這是我第一次用嚴肅的語氣對阿紫奶奶說話。

她不高興的看著我，然後把我拉到一旁的座位上，像是豁出去一樣對我說：「妳聽過牛郎跟織女的故事嗎？」

我笑場，「怎麼突然講到這個？」

阿紫奶奶正色的說：「牛郎是我老公，我就是織女啊。」

我笑了，「阿紫奶奶，我現在沒有心情聽妳說這些，我還有很多事要忙。」我才正要起身，又馬上被阿紫奶奶拉著坐下，她著急說著，「我現在很認真跟妳講，我老公現在因為犯了偷竊罪、非法入侵罪、強制拘留罪，所以目前是被關的，天帝只讓我們在七月七日那天才能見面。」

我傻眼，「我現在真的沒有時間聽這些民間傳奇故事。」

「我仙女下凡耶，什麼民間！」我嚇得想哭，阿紫奶奶到底發生什麼事了？怎麼精神狀況這麼差，我需要帶他去看醫生治療嗎？

我嘆了口氣，拍拍阿紫奶奶的手，「好好好，是我不對，妳是仙女好嗎？阿紫奶奶，我剛開店時睡不好，也有去看醫生，那個醫生滿專業的，我帶妳去看看好嗎？」

阿紫奶奶頓時氣得掙開了我的手，「妳自己去！我好好的看什麼醫生？仙女是不會生病的。」都病得這麼重了，可憐喔。

「我講的每句都是真的，妳有聽過每條紅線都是看姻緣簿牽的？」我隨便點了點頭，應付了一下，結果她越說越高興，「妳啊、湯湯、丁熒和茉莉的名字那頁被我不小心弄掉了，我才被丟下凡來幫妳們把姻緣找回去啊。」

我一愣，阿紫奶奶把我的反應當作相信，急著說：「妳不要覺得神奇，這就是真的啊，今年是最後期限呢，妳再單身的話，這輩子就真的嫁不出去了。」

想唬我，用這招。

「那就算了。」我已經嫁過了，夠了。

「什麼算了，妳嫁不出去是算了啦，但是我不能回天上呢，搞不好一年本來在七月七日可以見一次老公，現在要十年才能看一次！我不許，我想老公了。」阿紫奶奶說完就要哭的樣子，快把我給嚇傻了，講得還真像回事，幸好我完全不信。

此時，魏允揚站在門口，喊著，「阿紫奶奶，我搬好了，妳需要來看一下嗎？我有沒有破壞到原本的屋況。」

阿紫奶奶才收起情緒，變臉跟變天一樣快，「行，我馬上來。」阿紫奶奶一說完，便走向魏允揚，他依舊只對我笑了笑後，跟著阿紫奶奶離去。我覺得這樣很好，繼續保持距離，這樣在同一棟大樓的話，我勉強還能接受。

我起身，為下一個客人煮咖啡。

結果不到半小時，魏允揚就進來了。

「我要一杯冰美式。」他說，我點了點頭，很快的給了他咖啡，他對我點頭示意，「謝謝。」

「不客氣。」我說完，他就走了。我看著他轉身上樓，希望接下來的日子，可以都只有八個字的交流。

冰美式謝謝不客氣。

阿紫奶奶又下樓了，對著我說：「妳知道妳初戀現在在做什麼工作嗎？」「妳知道他一個月賺很多嗎？」「妳知道他一直沒有結婚都在等妳嗎？」「我覺得就是他了。」她在我頭頂上叨叨唸唸了十分鐘，我抬起頭問她，「阿紫奶奶，如果妳真的是仙女，妳怎麼會不知道我的紅線牽給了誰。」

她一愣，然後有點不好意思的對我說：「就妳們那頁不見了啊，我怎麼知道會是誰啦，全世界那麼多人，我哪背得起來。」

「妳也幫外國人牽紅線？」

「外國人是比比在弄的。」

「比比？」

「丘比特啦，而且牽紅線不是我的工作，是月老爺啦，我只負責把沒結婚的男女名字寫上姻緣簿，就交接的時候，不小心弄不見了啦。」

我笑了笑，「阿紫奶奶，妳都是這樣騙妳樓上那些報名聯誼的客人嗎？」

「跟妳講真的，妳還在那邊跟我打哈哈……反正妳的姻緣出現了啦，十幾年前就出現了！真命天子就在妳身邊！有沒有聽到啦，妳不要再這樣當作沒看到，以後妳就自己後悔！」阿紫奶奶瘋狂的說著，我也只是笑著，發出各種聲調的嗯嗯嗯。

然後，我決定提早打烊。阿紫奶奶越在我旁邊碎唸，我就動作越快，接著拉著她往外走，把她放在店外，我就自己去坐公車了。我真心覺得咖啡店再這樣被騷擾下去，我真的不用營業了。

我沒有回家，而是去了李家。我今天有點想念夫人，也可能是阿紫奶奶的聒噪，更讓我想念夫人的恬靜。公車站牌在李家一公里外，我徒步走了進去，一步步踏實的，心再也不懸著。

阿水嬸看到我，又像是一臉看到鬼的樣子，我笑笑，對她打了招呼，「阿水嬸，妳這表情，是不是虐待夫人，結果看到我心虛了？」

阿水嬸急得馬上解釋，「大小姐，妳不要這樣說，我怎麼敢欺負夫人！」

「喔，那就是霸凌。」我笑笑的。

阿水嬸更是委屈，「我們是太太請來的，只能聽太太的話，不然工作就沒有了。」

我點了點頭，「那妳就別聽她的話，讓她把妳辭了，我再請妳回來上班，妳就可以聽我的了。」

阿水嬸更是一臉驚嚇，我笑了笑，「開玩笑的，妳什麼該做，什麼不該做，明白就好。我回來了，自然不會再讓夫人受委屈，我先進去了。」我說完就要往前走，阿水嬸突然喊住了我，「大小姐！」

我回頭，一臉好奇，「怎麼了。」

她給了我一個微笑，「妳回來了。」我愣住，她又說了一次，「像以前的大小姐。」我沒說話，阿水嬸走開了。我帶著那句話，滿心疑惑的進門，我以為我變了很多，為什麼阿水嬸會說我像以前的大小姐？

我最討厭的，就是以前在李家當大小姐的我啊。

我直接走了上樓，來到夫人的房間，一開門就聞到了百合香，這才是夫人的味道。她正聽著喜歡的音樂，手裡拿著書，專注地看著，她才像以前的夫人啊。阿美姨見我來，開心喊著，「李小姐，來啦。」

夫人看見我來，急得放下書喊著，「小秀！」我笑笑的點頭，坐到夫人的位置旁，她拉著我的手，緊緊的，「妳這幾天在外面有沒有好好吃飯？有沒有好好睡覺，咖啡店生意好不好？妳吃午餐了嗎？阿美，幫大小姐倒杯牛奶來……」

大概就是這種連珠砲的安慰，讓我的心舉手投降，「不用了，我不想喝牛奶，妳氣色好多了，阿美姨真的有好好照顧妳。」我真的安心很多，夫人雖然還是瘦，但是氣色和血色都恢復了大半，不再像下一秒就會暈倒那樣。

「那是因為妳回來了。」夫人笑笑著說。

我也緊緊回握她的手，「中午我下廚，我們一起吃飯好嗎？」

夫人露出像是中樂透的表情，「妳會煮飯？」她檢查我的手，又一臉心疼的說：「難怪會煮飯了，手又乾又破皮，還長繭，妳是怎麼照顧妳自己的啊。」

我愣愣的看著夫人，「夫人，妳去照照鏡子好不好，妳剛說的最後面那句話送給妳了。」

阿美姨偷笑，夫人也怪不好意思的。我拉著她下樓，佣人趕緊閃開，連招呼也不打。我母親真是會教，閃開也好，客廳只有我們，餐廳也只有我們，多安靜多舒服。當我拿起鍋子那一瞬間，在旁躲著的佣人都倒抽了口冷氣，尤其是阿水嬸，「大小姐，妳要幹嘛？」她問我。

「煮飯。」

「妳要吃的，我們來就好，妳千萬別動手啊。」阿水嬸語氣也是挺瞧不起我的，「妳吃了嗎？」阿水嬸愣愣的搖頭，我笑笑對她說：「妳等我。」然後我快速的從冰箱拿出食材，有錢人家就是不一樣，什麼都有，我就算要煮佛跳牆也沒有問題。

比較有問題的是，我不會煮佛跳牆。

夫人就坐在餐桌旁看著我煮飯，我剝洋蔥，她驚呼，我切牛肉，她驚呼，只要我每做出一個她從沒看過的動作，她就倒抽口冷氣。連我洗菜，我都擔心她會斷氣。

「夫人，妳可以不要再驚呼了嗎？」我說。

「我覺得妳好了不起。」她說得像是我拯救了地球似的。我哭笑不得，那些佣人不就是革命英雄了？每個阿姨都比我會煮菜、會整理家務、會修剪草皮，會各種我不會的。

我繼續炒著菜、煮著湯，一個小時內，四菜一湯順利完成。阿美姨幫我佈著碗筷，我請她多佈一份。此時，我母親不知道從哪出現，一臉驚訝的看著我，大概也是以為我不會煮菜，就當所有人都以為那份碗筷是為我母親佈的時候，我卻喊了阿水嬸，「阿水嬸，一起吃。」

我母親表情糟到不行，在場其他人也都很慌張。我相信大概有某個佣人，現在已經去拿掃把了，準備掃那些碎碗破盤。

但重點是，為什麼所有人都認為，那是我要拿給我母親的？我和她從到李家開始，就從未好好的吃過一頓飯。我母親二十年來沒變，我為什麼要變？我母親冷冷看了我一眼後，扭頭就走。

阿水嬸膽戰心驚的對著我說：「大小姐，我是佣人，不敢跟妳一起吃，妳們吃就好，我去幫妳們準備茶水。」我還來不及開口，阿水嬸就趕緊走了。餐廳裡瞬間清空，連躲在一旁的人都沒有。

於是，我和夫人、阿美姨，開心的吃了一頓午餐。

「妳是自己生活之後才學作菜的嗎？」夫人突然這麼問著。

我心一抽，不是，我是在結婚第四年學會煮飯的，那時候，何正一會回來陪我吃晚餐。我從不知道他到底喜歡吃什麼，因為不管我煮了什麼，他永遠會把菜全部吃完。就算我多煮了，他的胃照樣能撐。我曾經問他的祕書，他在公司是不是沒有吃飯？祕書急得向我發誓，好像怕我指責他沒有好好照顧老闆，大聲說絕對有吃。

那他的胃是不是有什麼問題？這件事，我本來想要問他，後來也沒機會問了。

「妳怎麼了？臉色發白。」夫人開口，拉回我的注意力。

我笑笑搖頭，「對啊，自己生活，什麼都要學會，前天我才自己油漆我的房間，換蓮蓬頭，通馬桶。我就差不能自己生小孩了。」

我就是有病，哪壺不開提哪壺，自己挖坑自己跳。

夫人又一臉心疼的看我，「早就說別讓妳結那個婚了，搞不好，我現在都當奶奶，妳以後也有小孩可以指望了，結果現在卻……」

「卻單身萬歲啊。我很喜歡現在的生活，很單純很充實，而且至少我結過婚啦。以後還有人問我為什麼不結婚，我就說我離婚了，大部分的人就不會再問。但如果說我喜歡單身，大家都會覺得我在講鬼話，覺得這樣不行啦，自己一個人以後誰照顧妳？好像妳真的生了小孩，小孩都會養妳一樣。」我真心誠意地說。

夫人笑笑問著，「單身真的這麼好？」

「好不好，是自己想不想要，自己想要的就好，自己不想要的就不好。夫人妳也是啊，好不好不重要，快不快樂才重要。」

我說完，她愣住。我起身和阿美姨收拾著碗筷。

都洗好碗了，夫人還呆坐在餐椅上，好像我剛說了那句話，嚇到她失神了一樣。我喚著她，她回神勉強笑笑，「有點想睡了。」

「好，我陪妳上去。」我說。

於是，跟夫人上樓，說好過兩天再來看她。夫人再三跟我確認過兩天是後天，還是大後天，可以不要過兩天嗎？可以每天嗎？但真的不行，我還有陪了我好幾年的咖啡店，我可不能忘恩負義，讓它倒了。

「夫人，妳可以趕快讓身體好一點，主動來找我啊，李家是很大，但它就這麼大，妳有一半的人生都在這裡了，妳難道不會想跟我一樣，出去走走看看？」

今天的話題太過敏感，夫人拉起棉被，翻身背對我，聲音悶在棉被裡，「我結婚的時候，我母親告訴我，丈夫就是我的一切，然後我失去了一切。」

我很難過，但是我無法安慰夫人，因為是我和我母親害她失去了一切。

我對阿美姨示意，要她好好照顧夫人，她對我點頭，我才安心走出夫人房間。來到樓下，我母親正坐在客廳裡，動也不動，看起來像是在等我。才剛傷完夫人的心，我實在不好意思再傷她的心。

但她喊住了我，「女兒。」

我頭皮一麻，以為是自己聽錯，沒打算回頭，沒打算讓自己會錯意。繼續往前走時，她又喊了一聲，「我們母女，真的得要走到這個地步嗎？」

我停住了腳步，不知道她現在到底在跟我翻什麼舊帳。

「我到底做錯什麼？讓妳這個女兒這麼恨我這個媽？」她說。

我深吸了口氣，緩緩回頭，看著眼前對我說這些話的母親，笑笑說著，「我為什麼要告訴妳？妳連這種自知都沒有，我還有什麼好說的？」

我以為我這麼說，她旁邊那支花瓶馬上會摔在地上，結果沒有，她楚楚可憐得望著我，「這幾年，妳好嗎？」

妳好嗎這三個字，我連小時候都很少聽到，來到李家後更不用說，只剩各種語言暴力。她怎麼可以當作過去那些言語暴力都不存在，現在要來扮一個慈母的角色？

太不對勁了。

「妳好就好了。」我冷冷說著。

她難過的說：「我是真的想關心妳。」

我點了點頭回她，「可以，等妳離開李家，我或許可以試著接受妳的關心。」

她激動了起來，「妳到底要怎樣才能明白，我和妳爸才是天生注定，我們是一對，林冬梅才是來破壞我幸福的人。結果妳居然都站在那個賤人那邊，妳是我女兒啊！」

「我再提醒妳最後一次，可能很久沒對妳說這句話，妳都忘了自己的身分。當爸接受奶奶安排，娶了夫人的時候，你們早就不是天生注定。爸娶了夫人，就有丈夫的義務和責任，就必須對婚姻忠誠。妳生下了我，還當爸外頭的女人，妳就是天生注定的細姨。妳要沒格妳自己去，我不想對不起我自己的良心。」

我母親十分受挫。她大概也是老了，反應沒過去那麼快。我看得出她在歲月裡也是無能為力，尤其回來李家也二十年了，她仍然只是個姨太。我深吸了口氣笑笑的告訴她，「只要妳離開李家，我可以試著當妳的女兒。」

「妳……為什麼要對媽這麼殘忍？」我母親到底是說了什麼天大的笑話，她是失憶了嗎？她是不是忘了自己過去回來李家時，對夫人才叫殘忍。

壞人是不是以為自己三天沒做壞事，就變好人了？

「再見。」我轉身離開，不拖泥帶水。

但我必須承認，我剛才有一度很沒用，因為我真的相信她可能會有改變。結果我錯了，她改的只有她的語氣，從粗暴到和緩。可是內容和腦子裡想的，全都和過去一樣，人很容易變，但也不容易變。

我走出李家的第一件事，便是搭公車到戶政事務所，拿出我那張名字還是李蓓秀的身分證，換成了李培秀。反正全世界的人都知道我在哪了，還需要隱姓埋名嗎？不用，從現在開始，我要隨時警惕我自己，人不能走回頭路。即便環境一樣，家人一樣，那條不堪的路不能再一樣了。

踏出戶政事務所的第一步，我便是接到父親打來的電話，「晚上回家吃飯。」

哈囉，我才剛踏出李家，現在才不要再踏回去。我覺得煩、覺得膩，只想出聲拒絕，「我才剛離開，不去了。」

「昊天要帶女朋友回家吃飯，爸希望妳也在。」

我真的差點沒嚇死，草草結束和父親的通話，急忙打給昊天，「剛你爸打來，說你要帶茉莉回家吃飯？」

昊天比我更急，「我才想要求妳而已，妳就打來了。姊，妳一定要回家，不然我怕茉莉會嚇死。」

「你想太多了，茉莉經歷的不比你少，你少小看她了。只是，你們和好了？」早上茉莉不是才剛氣沖沖的走人？

「就是為了跟她解釋，我直接把她帶到公司，結果被爸撞見了。」

「解釋就解釋，幹嘛帶到公司？」

「她怕我再隱瞞她，要我直接帶她看清楚，絕對不能再有事瞞著她。我差點回家拿畢業證書和戶口名簿證明。」

「你活該，早就該告訴她的。」

「我知道、我知道，不管啦，妳給我回家吃飯喔。」

「你幾歲了，別跟我撒嬌。」

「好啊，妳不回來幫忙擋，如果茉莉跟我分手，我就辭職在妳咖啡店打工，晚上見。」掛我電話，竟敢掛我電話。

我深吸了口氣，我是不怕他來咖啡店打工，但我不希望他和茉莉分手。她是個很棒的女孩，能愛上昊天，我都已經感激涕零了，竟然還願意跟他在一起。那麼善良的女孩，我能不替昊天留下嗎？

於是，我先回咖啡店，準備一些明天營業要用的東西。今天已經早退，明天得要更認真。在我都整理好時，再走出店外，已經天黑了。我拉下鐵門，身後突然出現魏允揚的聲音，「需要送妳回去嗎？」他問。

我回頭，笑笑搖頭，「不用了，謝謝。」

他也沒有多說什麼，「路上小心。」這四個字結束後就走了。我看著他的背影，那個曾經用命去愛的人，現在卻成了向左走向右走。愛到底是什麼？為什麼可以那麼深刻，又那麼淺薄？

我不懂，也沒有時間搞懂，趕緊回家換了衣服，再趕到李家。

當我再出現時，父親已經回來，昊天和茉莉也正好趕到。茉莉看到我，有點陌生的喊著，「培秀姊好。」

「像以前一樣就好。」我笑笑說。三樓的她們和我相處了幾年，我從未說過私人的事，她們也不多問，就連阿紫奶奶也從不過問我家裡的事。可能原本以為我只是個平常人，卻沒有想到是個有錢人女兒。

茉莉笑笑點頭，「嗯。」我和她眼神交會，我相信她會懂。

夫人匆匆下樓，見昊天終於帶了女朋友回家，眼眶紅了。她拉著茉莉上下打量，昊天一臉得意說著，「媽，茉莉跟姊在同一棟樓裡面工作。」

夫人一臉感動的說：「我們家昊天跟小秀要多麻煩妳照顧了。」

「伯母，是培秀姊比較照顧我們啦。」

「都好都好，互相照顧。」夫人開心不已。

此時父親從房內走出，後頭跟著我母親。茉莉並不驚訝，我想是昊天在路上已經好好跟茉莉說過了，所以很清楚狀況。她有禮的打著招呼，「伯父，阿姨。」我母親連一眼都不瞧茉莉。

我父親開心笑著點頭，看起來很滿意茉莉，他招呼著大家，「先坐，等下還有個客人要來。」

我們幾個人面面相覷，不知道客人是誰，昊天也低聲問我，「誰啊？」

「你家的客人，我怎麼知道是誰？」

就在我們猜測是誰時，阿水嬸帶著客人進來，喊著，「老爺，客人到了。」昊天擋住了我的視線，只瞥見一個高大身影。我稍微移動下了位置，先是見昊天一臉驚訝，接著往他看去的方向看去，我終於知道他的表情為什麼要這樣。

因為那個人是，何正一。

我看著他，他看著我，大家看著我們，「你怎麼會在這？」這句話不是我問的，我的嘴只能張得開開的，卻發不出半個音。眼見昊天又想衝過去打人，我趕緊拉住。我看了茉莉一眼，她很懂的，也伸手拉住了昊天。

「昊天，誰准你沒有禮貌？」我父親喝斥。昊天冷靜了下來，但不是因為我父親，而是因為一旁有茉莉，他不能衝動。我父親招呼著何正一坐下，大家都坐下了，就只有我還沒有緩過神，拉著我入坐的，是夫人。

於是我坐到了餐桌前，我的對面坐的便是何正一。

在佣人上菜的過程中，我父親和他聊起了工作、公司，他們兩個對待我，就像是一個剛好來用餐的客人，像是忘了過去我們的關係。我父親忘了我這個女兒曾是何正一的妻子，何正一忘得更是徹底，連那天我們在飯店大廳裡碰到也忘記的樣子。我偶爾感受到他的注視，在我低頭的時候。但當我抬起頭時，注視就消失了，彷彿是我自己一個人的多慮一樣，我被他們兩個人遺忘得挺徹底。

昊天很氣，氣父親和何正一。我沒有氣，我只是想到了，離婚前，他也是這麼對我視若無睹，那種感覺都回來了。

何正一娶我，成了我父親公司的股東，他們會見面，我不該感到意外。但對父親，我卻有一種他背叛女兒的感覺。也沒差，他一向也沒多疼我這個女兒。

「吃得習慣嗎？」他問何正一。

「嗯。」

「來，多吃點。」

這飯桌上，吃得最多的只有我母親，她是這個局之外的人。「何老闆，這次來台灣還要忙什麼？」她殷勤問候著。

「和劉董女兒見面。」何正一光明正大說著，說完還看了我一眼。我不知道他看我是什麼意思，是向我挑釁嗎？還是要我羨慕？見面兩個字，在我們這種家庭的眼中看來，便是相親。我頓時耳鳴，像高鐵碾過了我的頭。我低著頭吃飯，卻一口也吞不進去，我看不見所有人的表情，我也害怕看到。

我只聽到父親繼續問著，「你是說劉建宏的女兒？」

「是，最近在討論澳門度假村的計畫。」他回答著，再一次要將自己的婚姻和利益結合。婚姻對他來說，就是一場又一場的交易，娶誰都沒有差，他娶的是事業。我已經是他的一次敗筆，他卻還學不乖。

我愣著，數著米飯，昊天突然說：「姊，聽說允揚哥租了四樓當工作室，很好耶，這樣妳就可以和他一起上班，一起下班了，多浪漫。」他是故意的，想為我這個棄婦製造行情還很好的假象。

這次換我抬頭看他，何正一卻無關緊要的吃著飯，我和誰浪漫都跟他無關似的。

我抬頭瞪了昊天一眼，正想用眼神殺死他時，他已經差點被茉莉殺死了。我看到茉莉狠狠踩了他一腳，昊天很痛，但他痛得含蓄。而這一抬頭，我看到了何正一正在看我，我們眼神又對上。他開口問我，「最近過得怎樣？」語氣輕鬆得像是我們不曾結婚，也不曾離婚過。

「一樣。」我冷冷回著，繼續吃飯。坐在我身旁的夫人拍拍我的大腿，想給我一點力量，但我需要的不是力量，是離開。

「不錯啊，雖然蓓秀和何老闆離婚了，但這相處起來還是朋友嘛。反正何老闆是公司股東，之後要碰面的機會還是滿多的，看你們這樣和平相處，真的是所有離婚夫妻的榜樣呢。」我母親這麼說著。

一語雙殺，殺了我一次，再殺了夫人一次，言外之意是勸她早點和我父親離婚。

「何老闆和我不是朋友，我們只是陌生人，我不好意思高攀他。」我放下碗筷，對著大家說：「還有，我不是李蓓秀，我是李培秀，培養的培。身分證改了，我也不會再做回李蓓秀。」

眾人都是一愣。我起身說著，「我吃飽了，你們慢慢吃。」我轉身離開。不懂我父親到底想要怎樣，怎麼會讓前夫和我共桌吃飯？是不是我的感覺，我的心情，對他來說一點都不重要？我真的很難過。

到底有沒有人可以跟我一樣，陪我把疤痕藏到深處，而不是再將我的疤揭開，看著血緩緩流出來。

我離開了李家，再一次後悔我姓李。

我走在路上，走向公車站，突然一輛車子停在我的前方。我看著車窗緩緩放下，何正一的臉露出了來，像是援助任何一個走在路上的單身女子，「需要送妳一程嗎？」

「不用了，我習慣自己走，謝謝。」我假裝鎮定的對他說。

他看著我，欲言又止的樣子，大概是怕自己這樣走掉有點無情。我這個前妻還得為他解決他的尷尬，「我不想搭，你可以走了。」我再次冷冷的說。他又看著我，一秒、兩秒、三秒後，點了點頭，然後把車開走。我多羨慕他，自始自終都是何正一，如此瀟灑，看過大風大浪，像是什麼事都不會讓他傷心。

我就這麼邊想著他，走到了公車站，隨便上了一班公車，不知道要坐到哪裡去。我在車上待了一個小時，我坐到屁股疼，在就近的公車站下了車。卻在下車的同時，發現就在我小時候住過的那棟高級公寓附近。

但那棟公寓早已經舊了，重新改建後，高級而華美。

我站在公寓面前，想起那時候，雖然有母親給我的壓力，但至少不知道事實的真相，可以傻傻的過生活，不用恨誰。

「是不是跟以前不一樣了？」

我從思緒中回頭，看著魏允揚正笑笑的看著我。對於這種巧合，我感到警戒，退後了一步，保持距離說著，「嗯。」

他一臉受傷的看著我，聲音充滿歉意，「不好意思，嚇到妳了。」我搖頭要走，他急解釋著，「培秀，妳不會以為我跟蹤妳吧？」我頓時心虛，像是心裡面最髒的想法被猜中，我有點狼狽。

他嘆了口氣解釋，「我只是住在附近，出來買晚餐，就看到妳站在這裡。我知道妳還很恨我，好了，我說太多了，前兩天是我太急，沒有考慮到妳的心情。我很抱歉，不打擾妳了。」他正要離開，我看到了他手上的食物。

一陣歉疚，我喊住了他，「你住這嗎？」

他愣了一下，看著我笑出來，「雖然我現在有一份不錯的工作，但是這棟樓，我還是買不起啦，我住在後面的公寓。」

我點了點頭，「都吃外食？」

他笑笑說著，「還有時間吃外食，我已經很滿足了。」

我點點頭坐到了大樓前的設計長椅上，看著大樓，他坐到我旁邊說著，「記得以前陪妳來過這裡，妳說住在這裡的時候，最無憂無慮。那時候找不到妳，我曾經在這裡等了幾天，猜妳會不會回來住。」

我搖頭，「過去就回不去了。」

「但是過去還是會在。就算不在了，那也是妳的一部分。就像我過去做的錯事，就算過去了，它還是在，隨時隨地提醒我，人不能做錯。」魏允揚感慨的說著。

「我沒怪你了。」我說。

「但我怪我自己。」他苦笑著。

我看著魏允揚，心裡好難過，赫然發現我們是同一種人，那種很容易被錯牽制，然後再也無法往前走。我伸手拍拍他的肩，就像在拍拍我自己一樣，然後起身離開。

我往前走，而他，沒有跟著我。

我回頭，見他仍坐在長椅上，被後悔吞噬。

我們每個人，都有各自該承擔的後悔。

第六章

我們都要往前走，走去那個我們都該去的地方。

這個晚上，我累得睡著，睡得好熟好熟。

是該好好睡了，反正什麼事都遇見了。

我很早就起床，稍作整理後，便搭著公車來到咖啡店，比過去提早一個小時開門。聞著咖啡香，聽著磨豆機的聲音，我心情越來越平靜。

然後，聽到了魏允揚對我喊了聲，「一杯冰美式。」

我抬頭，看著他，給了他一個微笑，說了聲早。昨晚不到十分鐘的談話之後，我坐在公車上想了很久，如果沒有遇見我，他也不會遇見我的母親，成了他也討厭的自己。即便每個人都有選擇，但在那當下，我們都不知道那樣的選擇是對還是錯。

我們只是對那個選擇有了好的期望，卻沒想到受傷最深的還是自己。

我也是，當下以為結婚是最好的選擇，卻高估了自己。所以我才說，我和魏允揚是相同的人，在某種程度上看來，我對他微笑，也像是在對自己微笑，某種程度，我是真的拋開了某個自己。

他驚訝我會對他笑，我也驚訝，關於自己對傷心的進化。

我煮好了咖啡拿給他，「跟早餐一起吃，比較不傷胃。」

他點了點頭，「好，謝謝。」他也給了我一個微笑。我覺得舒坦，我們都很舒坦，「我去忙了，妳……加油。」他搖搖咖啡對我說。

我點頭，目送魏允揚離開。接著看昊天和茉莉在店門口與他相遇，兩人稱兄道弟的，昊天看起來真的很喜歡魏允揚。隨後，我看著茉莉從門外走來，似乎打算安慰我。

「培秀姊。」

「嗯。」我的嗯是四聲，是結束，是停止，是肯定。我沒事，很多事也不想多說，反正安慰改變不了什麼。更何況，我早就過了需要被安慰的時候。

茉莉懂我的意思，她便不再問，只是拉了拉我的手，給我一些力量。我笑笑的謝謝她，我們都是走過痛苦的人，我們都懂，那些夜晚流的淚，傷過的心，都只有自己能夠體會。我們這些傷心人彼此的存在，就是證明，這個世界上，痛苦的人，從不只自己一個。

「需要幫忙跟我說。」茉莉對我這麼說，這句話我也在三個月前跟她說過。傷心輪流轉，所以可以笑的時候，要儘量笑，之後在痛苦的時刻，才有安慰自己的理由。其實，我們笑的時候，比哭的多。

我點點頭，謝謝她，但我們都知道，這是站在對方的位置，最溫柔的安慰。此時昊天走進來，直接跟我道歉，「對不起，我不知道何王八會來。」

「別再叫他何王八了，很難聽。」我就是不喜歡。

「哪裡難聽，我後來找到他，問他有沒有妳的消息，他說妳可能和別的男人在一起了。他講這種話，妳還幫他說話，早知道我應該打更用力一點。」

他就這麼高估我，有轉身就可以愛上別人的能力。

我也希望能夠愛上別人，那該多好。可惜，愛過他之後，我就忘了該怎麼再去愛了。「總之，我不准你再這麼叫他。」我冷冷了看了一眼李昊天。明明在茉莉眼中就是個好男人，為什麼身分變成弟弟這麼的煩。

見我拉下臉，昊天也不敢再多說，只是開口警告我，「妳最近少出門，這兩個星期他都在台灣，最好不要再碰到他，太倒楣了。有事隨時打給我，我要去上班了。」

「再見。」我轉身去忙自己的事，然後聽著昊天帶走茉莉，順手關上門的聲音。我嘆了口氣，我也希望不要再碰到何正一。不是覺得倒楣，而是覺得危險，我的生活不能再有危險了。

尤其在我發現，看到他會緊張、會心悸、會想再多看他一眼、會想再多聽一下他的聲音時，我就知道，忘記一個人這件事情上，我真是沒長進。

工作忘愁，我只能繼續工作，不讓自己想太多。

有些固定客人，會跟我訂咖啡豆，我會按口味調整咖啡豆的種類，搭配我自己喜歡喝的味道。

整理了幾個客人的訂單，趕緊烘了咖啡，再烤些手工小餅乾。這就是我的生活，咖啡香、緩慢步調。我的心沒有目標，過去我連站在外頭看夕陽，都能站上一個小時。

現在我連烘咖啡都顯得不耐，心總是像有什麼東西搔著。

「培秀。」我心一冷，原來不安感是來自我的父親跟母親。

我回頭，就見他們站在我的身後。生活一直被打擾，真的不知道他們到底想要怎樣。我父親對我說：「聊聊好嗎？」

我看著他，放下手中的工作，坐到了一張桌前，他們也跟著走過來。

我們面對面坐著，我父親又開口，「昨天我找正一來吃飯，妳是不是不高興？」

我笑了笑，「那是李家，是您的家，我有什麼好不高興的。」

我父親嘆氣，「爸覺得正一是個不錯的人，我不曉得你們當初到底是為了什麼離婚。過去幾年，他也是單身，爸是想說，如果你們之前有什麼誤會，可以解開，或許兩個人還有復合的機會，我不知道他這次回來要相親，如果知道就不會找他來家裡了。」

我不說話，母親接著說：「我是跟你爸不同立場，媽不希望妳再和他有什麼關係，畢竟都離婚了，彼此心裡也有個疙瘩。妳也年紀不算太大，要想再找個好男人，也不是什麼問題。」

有沒有過了這麼多年才想學著當爸當媽的八卦？

「爸，你公司又有危機了嗎？」

父親表情瞬間變得難看，母親幫著說話，「妳爸也是關心妳。」

「我只是希望有個好男人可以照顧妳。」他說。

「不需要。」

「昨天如果讓妳覺得不舒服，爸可以跟妳道歉。」

我深吸了口氣，很怕自己又要開始尖酸刻薄，「沒事的話，你們就早點回去，店還要營業。」我語氣嚴肅的直接下了逐客令。父親和母親也只能跟著起身。此時阿紫奶奶走了進來，好奇的打量我的父母親，再看看我，笑了笑對我父親說：「很累喔。」

我們幾個一愣，她又朝著我母親說：「妳喔，這輩子不要想著嫁，妳一結婚就是會歹命的人。」

「妳說這什麼意思？」我母親不開心了。也是，有人直接對你說，你的夢想是一堆破布，你也是會不開心的。但是我就是開心。

「我可是很會看面相的，妳這個人看起來就太會計較。太計較不好，妳辛苦大家都辛苦，何必咧，以後別這樣了。」母親臉臭著，拉了父親就走。

父親轉頭對我說：「培秀，有空就回家吃飯啊。」

他們離開，我幾乎要癱在椅子上。

阿紫奶奶幫我倒了杯水，也是一臉無奈，「都是這樣的，無論如何，有父有母，總比無父無母好。想開點，是妳在過日子，別讓日子過了妳。」

「我以為妳今天會再問我真命天子咧？」

「就在妳身邊啊，我不是講了八百次了嗎？妳失憶了喔，懶得跟妳多說。」

「那妳下來要跟我說什麼？」我問。

「幫我烤芋頭酥，我要三個，等等下來拿。」阿紫奶奶要上樓前又說：「不要跟妳爸媽計較，有些人就是天生不會當父母啦，妳最好心情好一點再幫我烤，我不要吃會苦的芋頭酥。」阿紫奶奶的溫柔總是很奇怪。

我笑了笑點點頭。

有事情做的感覺很好，我多烤了一些，送上去給阿紫奶奶時，也送到三樓去分給海若、丁熒和茉莉。她們對我說了謝謝，我回了不客氣，茉莉三人之間沒有祕密，我想我的事他們也聽說了。如果我的事得被外人知道，我最不介意的，便是她們。

有些人拿著妳的祕密，會可憐妳、會八卦妳、會取笑你、會私下茶餘飯後議論，甚至會同情妳。但有些人知道了，會同理妳，會站在妳身後，默默成為妳的後盾，就算他們不說，妳也知道回頭就會看到他們。

即便我總是不說話的那個人。

聽她們鬥嘴，心情都能放鬆，看著她們剛搬來時，工作就三張小桌。第一年，我怎麼都不肯收她們的飲料費，想到就為她們送送點心來。離婚跟創業一樣，都很孤單。

努力了一年多，慢慢打響知名度，才有了比較好的辦公桌。誰不是一步一步走過來的，回頭看去，也許辛苦，但總會覺得沒有白費。

「好了，我先下去了。」

「等一下，培秀姊，我們晚上要慶功，慶祝進軍港澳百貨專櫃。已經訂位囉，也算了妳一份，不管，妳要跟我們去。」丁熒說著。

「沒妳我們吃不下。」海若也附和。

「培秀姊，一起去啦，昊天也會去，今天讓我們真的好好吃一頓飯，放鬆一下？」

三人真摯的看著我，我實在沒有說不的權利，而我，也真的想好好吃一頓飯。快快樂樂的。

我點了點頭，「好。」笑著和她們說聲待會見，走出辦公室，我看著往上的樓梯，想到昨天魏允揚坐在公寓外長椅的落寞身影。我就這樣想著想著，然後下了樓，拿了剩下的芋頭酥，又走上四樓。當我走進魏允揚的工作室，我才頓時清醒，我在幹嘛？

真的可以跟魏允揚當朋友嗎？

本來想趁他還沒有發現之前退出去，但我動作太慢，還是被發現了。他驚訝的站了起來，喊了聲，「培秀？」

我笑了笑，把手上的芋頭酥給了他，「多烤的。」

他又驚又喜的接過，「這妳做的？」

我點頭，他笑了，笑得有點感慨，笑容裡有著「這幾年，妳也變了好多」的意思。

我無所謂，誰不會變。

「謝謝。」他說完，一副想再說更多的樣子，但怕我不想聽，只能勉強自己停住。

「我回店裡了。」我說。

「好，謝謝妳的芋頭酥。」

我轉身要離開時，眼角瞥見窗邊有一整排米蘭，一旁擺了一些我們的合照。我假裝沒有看到下了樓，畢竟，想要好好活著，生活得有一半時間要裝聾作啞。

我回到店裡繼續工作，和這層樓裡的所有人一樣，都很認真工作，然後等著下班，再等著另一天的來到。但在這之前，我得先和他們去好好吃一頓，大伙約在了我的店裡等昊天，他來的時候，魏允揚也剛好下樓。

這整個正中昊天紅心，他立刻想約魏允揚一起去。他不應該跟茉莉在一起，他該跟魏允揚在一起，我會為他們簽署同性婚姻合法化的公投連署書。他們才是真愛，還愛了這麼多年。

魏允揚拒絕了，「不了，我還得回去準備資料，下次吧。」就算魏允揚沒有看我一眼，我也知道他是為了我而拒絕的，怕我吃不下。

但昊天拉著人不放，我當然也知道我這個弟弟在打什麼主意，只是再這樣下去，晚餐都要變消夜，我只好出聲，「一起去吧。」

昊天像是明天要娶茉莉一樣開心。我這弟弟怎麼會這麼不成材，滿腦子只想把姊姊銷出去。

最驚訝的便是魏允揚，他的表情，像是十幾年前我答應跟他在一起時的表情一樣。突然，我覺得他很可愛，那種可愛不是心動，而是我突然發現，至少他尊重我。

於是我們一起去了飯店的中餐廳，除了茉莉和昊天，丁熒的男友雷愷，海若的未婚夫呂星澤也一起來了。大家圍成一桌，點了兩隻燒鴨，還有好多菜。我都忘了上次和這麼多人一起開心吃飯是什麼時候了。

開心吃飯，從我回李家，就幾乎沒有過。

我胃口奇好，只聽著他們說話。談話聲像刺激食慾的音樂，當我吃了第三碗飯，所有人都看著我。「姊，妳吃這麼多，我看了是很開心啦，但妳真的不會胃不舒服嗎？」

「不會。」我繼續吃。

「妳不會是心情不好，用吃發洩吧？」昊天繼續問，一直問。

「我心情很好，但是你再問下去，我就不吃了。」我說。

他馬上挾菜把我的碗填滿，「拜託妳吃，我馬上再多叫一隻燒鴨。」

然後我說了一句，「兩隻。」差點沒有嚇死昊天。其實我也嚇到了，就這樣放開了心胸，然後，不知不覺的就吃了。

席間，魏允揚失蹤了一下下，只說去買個東西。然後大家吃完飯，結帳完，我們一起走出餐廳，他突然從我後方走來，拿了口嚼消化藥錠給我。我先是一愣，看著他笑了笑，「謝謝。」我說。接著邊走邊想要打開口嚼錠的包裝，卻撕不開。他伸手拿走，在我面前打開，很順手的餵我吃。我也不知道怎麼回事，像是習慣一樣，莫名其妙張開了口，我們都突然一愣。

「不好意思。」我說。

他搖了搖頭，「我比較不好意思，太順手了。」我們相視笑了，這時我在魏允揚的身後，看到了何正一。他正和一個漂亮的千金小姐，坐在一間日式餐廳裡，我的視線，對上了他的眼睛。何正一雖看著我，仍是那樣面無表情。

我不知道他什麼時候發現我的，他只是冷冷看著我，沒有任何一點溫度。但這一秒，似乎對面的千金小姐說了什麼，他突然笑了，接著無視我，和對面的千金小姐說說笑笑。

我的臉頓時刷白。這一個白，是覺得丟臉，他幾乎沒有對我這麼笑過，頂多就是扯著嘴角意思意思一下。但這位千金，是讓他眼角都笑彎了。我從沒有見過他如此，難怪他要跟我離婚。

「走吧。」魏允揚也跟著我望向同一個方向。

看著我的表情，他也應該猜出了大概。

我緊咬著牙，試著讓自己看起來不狼狽的往前走了出去，對大家輕聲說了一句「我先回去了。」便立刻加快腳步逃離。大家喊不住我，魏允揚也沒有跟過來，我很感謝他。

一走出飯店大門，我的眼淚就掉了下來。

藏了這麼多年，還是愛，還是愛那個不愛我的前夫。我望著天，對於我的感情史，真的是好感慨，即便我很想幫助自己，卻什麼忙也幫不上。對別人無能為力也就算了，那是別人的人生。對自己無能為力，就像是易開罐的拉環壞掉一樣，你瞪著可樂，卻怎麼也喝不到。

我瞪著幸福，卻怎麼也無法幸福的感覺是一樣的。

我擦掉眼淚，抬起頭，就見何正一打開門，護送那位千金上了一台高級轎車，說了一句，「好好玩。」然後對著她微笑揮手，目送她離開。他一回頭，就看到了我。我們再度對視，這次我真的笑不出來，轉身要走，他卻喊住我。

「培秀。」

我停住腳步，轉身看他。

「可以聊聊嗎？」他說。我很想說不，卻點了點頭。

我們走到了飯店中庭的花園內，走了差不多五分鐘，一句話也沒有說，我想到了結婚第四年，我們常會一起吃完飯，就到家樓下散步。原本只有我去，但突然有一天，他莫名其妙出現，和我一起散步。我也沒有多問，但這個習慣，成了我們之間的默契。

「為什麼什麼都不拿。」他突然問我。

「我不需要。」

「我不想欠妳。」

「你沒有欠我。」

「妳父親公司的股份，我會全部轉讓給妳。」

我停住腳步，轉頭過對他說：「我說了，我真的不需要，給我那些東西到底想證明什麼？你這個前夫很溫柔體貼？還是怕我有一天拿這些當藉口去煩你？」我們因為錢結婚，連離婚都還要講錢，我不想我的感情都是銅臭味，我好累。

「我沒有那個意思，只是希望妳過得好，所以不管妳需不需要，我都決定要這麼做了。」

我抬頭看著他，他也看著我，我們對看了好幾秒，我的腦子好像被他的眼神迷惑，本來想嗆他，結果一開口，連我自己都嚇到了，「相親順利嗎？」我根本不是要講這句的。但不知道為什麼，從我嘴裡出來的就是這句，我真的很想掌我自己的嘴。

「還可以。」

「所以你會跟她結婚？」我真的是越問越順口，連我自己都要為自己覺得丟臉了。

他愣愣的看著我，然後問我，「妳跟妳男朋友，好像也相處得不錯，真的在一起很久了吧。」

我沒有回答他，因為他沒有回答我，我只笑笑回應他，「祝你順利。」

我轉身要離開的當下，他伸手拉住了我，很快的把他的名片放到我手上，「找時間跟我聯絡。」

隨後，他轉身走進了飯店裡，一旁有人迎向他，像是還要談生意。我拿著他的名片，邊走邊看的坐上了車，回到了家，連睡覺也緊抓著。這大概是我唯一擁有留著他溫度的一件物品。

名片很涼，但我的心情很暖。

隔天，我收起了情緒，店門才剛開，魏允揚就走了進來。他還沒有開口，我便問：「冰美式？」

他笑笑點頭，站在吧台前等著，然後問我，「妳昨晚心情還好嗎？」

「很好啊。」

「我看到妳在飯店門口哭。」他直接說。

我愣了一下，「我沒哭，只是眼睛酸。」

「妳還愛他嗎？」我剛煮好要遞給他的冰美式，差點就拿不穩了。

他趕緊接過，苦笑了聲，「我好像猜對了。」

我看著他，幾乎沒有多想的回答，「嗯，你猜對了。」

那又怎麼樣。

他看著我很久很久，才對我說：「嗯，那怎麼辦？」

「什麼怎麼辦？」

「我聽昊天說，他好像是回來台灣相親的。」

「所以呢？」

「妳不打算再告訴他嗎？」

我搖頭，「為什麼要說？你不要忘了，我跟他離婚了。為什麼會離婚？不就是走不下去嗎？六年前走不下去，六年後又怎麼可能走在一起？」我笑了笑，承認我心裡還有何正一，也是希望魏允揚看到我這麼慘，會明白，早該把我從心裡丟掉。

「培秀，妳……」

「允揚，我沒有習慣和前男友討論前夫的事，我覺得很怪，謝謝你關心我。我們是朋友了，永遠的朋友。」我微笑，非常真誠的微笑。此時此刻，我心裡早已沒有了天秤，只有何正一，魏允揚連擺在天秤上的機會都沒有。所以他對我做的那些事，我的心也沒有空閒去怪他。

他看著我，很勉強的笑了笑，然後拍拍我的頭，「嗯，是朋友，有事隨時跟我說，我上去忙了。」

他轉身離去，我店裡的電話就響了。我一接起，我母親的聲音就從話筒傳來，「女兒，我是媽……」

「這裡沒有叫女兒的人，妳打錯了。」

我掛掉電話，她又打來，「我話都還沒說完，妳怎麼掛電話了，妳不是李培秀嗎？我是媽啊。」

我覺得煩，「有事嗎？」

她在電話那頭笑了笑，我腦子都能瞬間閃過她討人厭的表情。她接著說：「媽就是擔心妳啊，特別燉了雞湯，我請阿水嬸送過去給妳。從今天開始，妳的健康就由我來負責。」

我邊聽她講著，邊無聊的把手放到口袋，發現有東西，拿了出來，才發現是何正一的名片。「我不需要。」我說。

「怎麼會不需要？哪個孩子不需要媽媽的愛？」我母親很好意思的說。我真的笑出聲，我都坐三望四的人了，我不好意思承認自己是個孩子。

我看著名片，聽著我母親說的話，頓時聯想起什麼。

我直接掛掉電話，拿出手機撥給我父親。他的專情不只對我母親，連手機號碼也從未變過。他才剛接起，我就馬上說：「何正一要把股份給我的事，她知道嗎？」

「我沒跟她說。」我父親知道我在說誰。

「那你在家裡或哪裡講過這件事嗎？」我再問。

「正一昨天打給我的時候，我在家。怎麼想到要問這個？」

我父親剛說完，店內電話又響了。

「沒事，我先掛了。」我掛掉手機後，接起店內電話。

「媽知道妳氣我，但不能一直掛媽媽的電話吧？」

「妳是不是知道何正一要把股份給我？」我問。

電話那頭一陣靜默。「妳現在才開始要對我好，來得及嗎？省掉妳的雞湯，不用浪費精神，那些股份我沒有打算收。」

我掛掉電話，阿水嬸就走了進來，「大小姐，太太吩咐我拿來的。」

「放著就可以走了。辛苦妳了。」我還煮了杯玫瑰拿鐵讓阿水嬸在公車上喝，阿水嬸一臉欣喜，似乎沒有看過玫瑰拿鐵長怎樣，拿著咖啡邊看邊往外開心走去。

阿水嬸剛走，阿紫奶奶就下來了。我沒泡咖啡給她，而是把雞湯給了她。這是阿紫奶奶的某種技能，不管我們在吃什麼、做什麼，她都會突然出現，然後拿走。可能她在每層樓都裝了什麼食物探測器。

「怎麼會有雞湯，特別為我準備的嗎？」阿紫奶奶表情高興死了。

「多喝點。」我笑了笑。

阿紫奶奶端著雞湯到一旁喝去，一臉幸福，過一會兒突然轉頭跟我說：「培秀，妳想過在別的地方開咖啡店嗎？」

「沒有。」我還打算在這裡做到退休。我和這地方有了感情，無法和它分開。「怎麼突然問這個？」我好奇。

「無聊問問，我要喝卡布奇諾，多冰。」阿紫奶奶喊我。我幫她做了杯熱的，有年紀了還喝什麼冰的？雖然她一定會不高興，我就喜歡她不高興。

如我所料，果然聽到，「我才不要喝熱的。」最後她還是把那杯熱的帶走。每次看阿紫奶奶這麼任性，我都會提醒自己，以後老了最好別跟她一樣。

阿紫奶奶氣呼呼走出去，我又看到何正一緩緩走進來。他和阿紫奶奶擦身而過時，阿紫奶奶停住了腳步，瞪大眼睛看著他，跟看到魏允揚時差不多表情。我猜，她會說一樣的話。

果不其然，下一秒，她腳步比何正一快一步，瞬間移動到我旁邊。「妳跟這男的，有特別的磁場。」

「真命天子？」我冷笑。

「有可能。」

「樓上那位前幾天搬來的時候，妳也這樣說。」我吐槽。

「不對啊，這兩個跟妳羈絆都很深啊，哪一個才是？」我第一次看到阿紫奶奶表情這麼不安。

「都不是啊。」我笑說。下一秒，阿紫奶奶突然把她脖子上的平安符拿下來掛到我的身上。

「怎麼啦？」我對這個動作感到有點害怕。因為每次阿紫奶奶拿平安符給誰，就表示那個人最近會很倒楣。從海若到丁熒到茉莉，都見證了這件事。雖然最後真的平安無事，還是覺得些許不安。

這好像是一種預告。

「戴著安心點，妳最近臉黑，氣色不好。」她說。拜託，如果一下子要應付這麼多人，氣色會好才有鬼。

何正一走到我們面前。阿紫奶奶上下打量了何正一，然後說：「樓上那個比你帥一點。」何正一愣了一下。我則是嚇了一跳，如果我不能平安，都是因為阿紫奶奶的關係吧，臉黑還不都她害的。

「不過，你氣質比較好，有錢喔。」阿紫奶奶繼續說。

我心臟都要停了，「阿紫奶奶，妳不是還有事要忙？」我提醒了她。

她搖了搖頭，「沒事啊，我能有什麼事？」接著又問何正一，「你跟我們培秀是什麼關係？」

「客人。」我說的同時，何正一說了，「前夫。」

阿紫奶奶大驚失色，「怎麼可能？妳不可能結婚的啊！」阿紫奶奶把我給她的熱拿鐵塞到何正一手上，然後轉身跑走。一個六十幾歲的奶奶，像一百公尺賽跑往終點衝刺似的，我一秒就看不到她的車尾燈。我正驚嘆，眼角瞥見何正一的表情跟我一模一樣。

隨後，我們同時回神。當我們對上眼的那一刻，我的手機響了，是阿美姨。

「稍等一下。」我故作冷靜優雅的對何正一說。事實上，從他一踏進咖啡店裡，我的心跳就沒有停止加速過。那幾秒裡，即便我和阿紫奶奶說話，腦子裡也閃過他來找我的一百種理由。

應該不會是要拿喜帖給我吧？那我只能希望他下地獄了，我真的沒有那麼大氣，什麼大方祝福？我的字典裡沒有這四個字，我只希望我愛的人可以愛我，我們一起幸福。

我接起電話，「阿美姨？」

才剛喊完阿美姨三個字，阿美姨就在電話那頭又哭又著急的說：「夫人出事了。」

我心一沉，「什麼事？」

「李小姐，我們現在在救護車上，要去台大醫院，妳快過來！」我結束通話，咬著嘴唇，脫下圍裙，先請還在店內的客人離開，然後佯裝鎮定的關窗，卻沒注意自己手還在窗邊，就這麼用力的夾上了。

我痛得叫出聲，也連帶紅了眼眶。何正一趕緊走了過來，拉過我的手看，「有沒有怎麼樣？」

我這才發現，他還沒走。趕緊抽回手，雖然還痛著，「我有事要先走，有什麼事下次再說。」我顧不了痛，我現在只想衝去醫院。

「怎麼了？」

我不應該跟他說的，說了只會牽扯更多，但我一看到他的臉，心裡最脆弱的那個地方，就會自動向他找尋慰藉，「夫人出事了，我現在要趕去醫院。」我趕緊再關好窗，拿了包包要離開。

這時，他拉著我的手往外走，一臉凝重的說：「我跟妳去。」

我不應該讓他拉著的，但他手心的溫度，稍許撫慰了我的慌張。他讓我上了車，問我到哪間醫院。我說完之後，他便踩下油門。一路上，我們沒有交談，兩個人唯一的目的地，就是醫院。

當我還在恍神時，聽見他對我說了，「下車。」這才發現我已經在醫院門口。

我趕緊下了車，他也把車子開走。

我快步走向急診室，見到阿美姨，我嚇得抓著她問：「夫人到底怎麼回事？」

「我也不知道，夫人要我去買材料回來煮銀耳蓮子湯，她說妳和她都愛喝，那時夫人在替妳織圍巾，要我放心去。我想說一下下而已，誰知道，回來就看到她幫妳織的那條圍巾都被剪碎了，夫人的手腕也被剪刀劃傷了！我回來，整個地上都是她的血啊！傷口深到血都止不住啊！」阿美姨越說，我的眼前就越黑，差一點腿軟的那刻，何正一從後頭扶住了我。我以為他走了，沒想到他沒走。

他扶我坐到一旁，他的手緊握著我的手。如果夫人平安，我一定會享受，但現在我只是怕，怕夫人出事，怕到我全身發冷。手還抖著，何正一突然摟住了我，輕拍我的背安撫，「沒事的。」他的聲音好聽到我真的以為會沒事。

此時，護理師喊著，「林冬梅家屬在嗎？」

我無法貪戀他的擁抱，急忙起身上前，「我是，我是她女兒。」

「妳母親失血過多，現在急需要輸血，但醫院血庫量不夠。」

護理師的話讓我又一陣恍惚，我和冬梅是不同血型啊。當下何正一跳了出來，他說自己和冬梅同血型，「我可以捐。」

「你是？」

「我是她女婿。」他這麼說，說完就跟著護理師走去。看著他的背影，那一聲「女婿」還在我的耳裡，我的眼淚掉了出來。

我愣在原地，還來不及消化這一小時內的所有事情。阿美姨內疚不已，「都是我沒有聽妳的話，我該二十四小時黏在夫人旁邊才對……」

「阿美姨，不干妳的事，妳已經幫了我很多。」

當初知道夫人在家被欺負，只要我為她出氣，我母親就會更針對夫人，才找了阿美姨幫忙。

阿美姨是咖啡店的常客，她和一般婆媽們不一樣，不會向我訴苦，總是點了杯咖啡，坐在窗邊，看著外頭，表情好渴望自由。後來我才知道她的先生是家暴慣犯，於是和阿紫奶奶想辦法幫了她。她才剛走出婚姻，正忙著找工作，我於是請她來幫忙照顧夫人，因為我相信她，也跟她交代了家裡的所有狀況。她是我找的人，我母親自然不敢為難，才趁她不在時去欺負夫人。

如果我猜的沒錯，便是我掛了她幾通電話，她見阿美姨出去，所以才把氣出在夫人身上吧。

所以，都是我害的。

我手足無措的等在外頭，阿美姨摟著我，為我加油打氣。

不知道過了多久，何正一抽完血走了出來，我擔心的走上前問他，「你還好嗎？需要吃點東西嗎？」

他搖頭，然後拉著我，跟我坐到長椅上等著，淡淡說了一句，「不要擔心，沒事的。」

我感謝的笑了笑，「謝謝你幫忙。」

「應該的，她也算是我媽。」何正一突然這麼說。我抬頭看他，不懂他這句話從何而來。他被我看得有點不好意思，有點不自然的說著，「我們結婚後，她常常打電話給我，要我照顧妳，還有照顧自己，一直對我很好。是我沒做到她的託付，就算我們離婚了，她對我來說，還是媽媽。」

我的眼淚很不爭氣流下來，無法再多聽一個字。在我穩定情緒時，護理師喊了我，告訴我，夫人沒事了，傷口不長，只是比較深，今天先住院觀察，確定身體狀況沒有問題，明天就可以出院了。我差點沒有去放鞭炮。

夫人從急診送到病房時，我一直跟著，何正一也一直陪著我。

等到一切都安頓下來，已經花了一整天的時間，他的手仍一直牽著我的手。我不好意思的放開，覺得對何正一很抱歉，尤其是他整天響個沒完的手機。「你快回去忙吧，我一個人可以。」我說。

他看著我，表情似乎有點掙扎。但手機又響了，他也只能點點頭說：「我晚一點再過來。」

「不用了。」我急出聲。

見他一愣，我努力用平靜的語氣告訴他「我自己可以照顧夫人。你已經幫我很多了，不能再麻煩你了。」我拿什麼身分去享受他對這一切的付出？

他沒有點頭也沒有搖頭，只說了兩個字，「再見。」然後轉身接起電話離開。

我看著他離去的背影失神，聽見阿美姨笑笑出聲，拉回了我的視線，「你們是性生活不美滿才離婚的嗎？」

我差點沒被口水嗆死，「阿美姨，妳在講什麼啦！」

「你們看起來就是很好的一對，很配啊，不管是外表還是個性，我覺得很好啊！他應該也是有錢人，門當戶對。除了性生活不美滿，我想不到你們離婚的理由了。」阿美姨分析著。

我實在很想笑，又笑不出來。我怎麼跟阿美姨說，何止性生活不美滿，是根本沒有性生活！這念頭閃過，我頓時驚慌失措。夫人還躺在病床上，我是在想些什麼東西？我怎麼可以這麼齷齪下流？

我拍拍自己的臉讓自己清醒，專心和阿美姨等著夫人醒來。直到眼見天黑了，我要阿美姨先去吃晚餐。今天忙了一天，她什麼也沒吃。

「好，我順便幫妳帶點吃的。」阿美姨回我。

「我不餓。」

「但還是得吃。」說完，阿美姨笑笑走了出去。

沒多久，昊天和茉莉趕到了。我有點無法面對昊天，他母親所受的苦，都是因為我跟我母親引起的。一見到他，我便說：「對不起。」

在他從高雄趕回台北的高鐵上，我向他說了大概，他只說知道了，會馬上趕回來以外，就沒再多說什麼。

「又不是妳的錯，幹嘛道歉。」昊天想安慰我，也想安慰自己。

「不，是我的錯。我們都知道的，我真的很抱歉。」我覺得自己再說下去，眼淚就要掉出來了。我站起身，「你先好好陪夫人，我出去走走。」結果只是走到病房外的椅子坐下，我的眼淚就掉了出來。

怎麼可能不是我的錯，不是我母親的錯？昊天不願意怪我，只是因為他認同我。愛我，但事實就是事實，我推卸不了。

這是第一次，我覺得我離夫人和昊天很遠。

第七章 我的身分就是一種罪惡。

我在外頭坐了好久，昊天走了過來喊我，「媽醒了。」

我點了點頭，起身和他一起走回病房，他邊走邊說：「妳就是我姊，不管發生什麼事，都不會改變。」然後先走進了病房。我看著我弟的背影，覺得感動。

一走進去，走到病床邊，夫人緊張的伸出那隻沒受傷又虛弱的手拉著我，「妳有沒有跟妳媽吵架？」

我搖頭。雖然這中間我幾度很想衝去李家，把她買來的那些古董花瓶、畫作，全砸到她的臉上，但我忍住了。這些東西她可以再買，臉也可以再去修，和她吵太浪費力氣。我只想著要怎麼用最輕鬆的方式，贏了這回合。

「我沒事，妳不要怪她。」夫人說著。她就怕我怪我母親，然後越吵越兇。可憐的是我父親，又要被我母親轟炸。女人的忍，通常不是因為另一個女人，而是深愛的男人。夫人就這麼忍了二十幾年，至時至今還在忍。因為她的忍，也讓昊天要跟著忍。我們都希望夫人快樂，只要她說不要做的事，他都會盡量忍住。我相信，昊天一定很想回李家為夫人好好出頓氣。但邁不開腳步的原因，都是怕看到夫人知道後傷心的樣子。

我們都一樣，當你很愛一個人時，除了想讓他快樂，還有另一件重要的事，就是不讓他傷心。

「要不要吃點東西？」我問。夫人搖頭。

「阿美姨買了粥。」我再次勸著。阿美姨也打開她買來的粥，昊天接過了手，面無表情的舀了一口。夫人為了安撫昊天忍下的氣，也只好吃著。

我嘆了口氣，「妳要不要來跟我住？房子雖然沒有李家大，至少沒有鄭美香。」

夫人仍搖搖頭，「但是有李彥明。」

我看到昊天的額頭有了青筋。「如果妳想待在李家，那妳就得好好保護妳自己。她要發瘋，妳就讓她去，為什麼要跟她搶？」我氣吼。

「那是要做給妳的。是妳的東西，我自然要保護。」夫人的傻氣，對愛的執著這麼可愛，我父親卻看不見。我不明白，男人的眼光到底是怎麼一回事？

讓夫人好好吃了些粥，她又睡了。我請大家回去休息，明天出院時再來幫忙。阿美姨說先回去整理些用品，夫人房間也還沒有清。而昊天看著我，我給了他一個微笑，再伸手拍拍他的胸膛說：「我沒事了。」

他這才有了笑容，「我也沒事了。」我們兩人相視一笑，姊弟不都是這樣吵吵鬧鬧的嗎？

送走了他們，夫人睡著後，我走到外頭，撥了電話給我的父親。我深吸一口氣，在我父親接通電話的同時，我也直接說了，「你知道夫人在醫院嗎？」

他沉默兩秒，「知道。」

「為什麼不來看她？」我問。

「妳媽也受傷了。」

「所以呢？她才是妳老婆，夫人不是？」

「冬梅有你們，可是美香只有我啊！培秀，爸知道妳不諒解妳媽，但她也很可憐啊。」

「是我讓她這麼可憐的嗎？是夫人讓她這麼可憐的嗎？這一切的一切，還不都是自己找來的？她如果不貪心，今天會走到這個地步？你從以前就不公平，這麼多年了，身為一個父親、一個丈夫，你真的很窩囊。不來看夫人就算了，我也不勉強，請你轉告你的小老婆，別打我的主意，我沒有什麼可以給她的。」我說完，就直接結束通話，然後不停深呼吸、深呼吸，再深呼吸。

可憐的夫人，可憐的昊天還有我，到底為什麼要姓李？

我在醫院裡面走了好幾圈，走到心平氣和，走到萬事如意，我才走回病房，輕手輕腳的走回去，卻還是吵醒了夫人。她對我笑了笑，挪了挪身子，拍拍床上的另一邊。我只好照著她的意思躺了上去，看著她包紮的手腕，心裡又是一陣內疚。夫人看到我的眼神，把受傷的手收進被子。

我們一同看著白色的天花板，室內關了燈，變成一片灰。

「我知道我不是一個爭氣的女人。」夫人突然這麼說：「我的人生很失敗，眼裡只有彥明。那時候結婚，我就知道了他心裡有妳媽，我能當上他的妻子，靠的不是愛，是門當戶對。他對我很尊重也很體貼，尤其我懷了昊天，他很開心，對我更加的好，我就以為他愛上我了。一直到妳媽帶著妳回來，我才知道，原來妳爸從來沒有愛過我。」

我好難過，轉頭看她。夫人恬恬淡淡的笑著，「可是，那又怎麼樣呢？我還是他的妻子啊。我想賭啊，我想拚啊，我想和他走到最後啊。當妳又為了我，決定和妳爸交換條件去結婚時，我更加不願意放棄啊！只是，結果總是傷心……」

「夫人……」

「不過，最近我是有點累了。」她笑笑的拍拍我的臉說：「所以，我們都睡吧。」

我點了點頭，才剛閉上眼睛，夫人又說了，「聽阿美說，是正一捐血給我的？」我閉著眼睛點了點頭。

我聽見她低嘆一口氣，「我是個婚姻失敗的人，因為我的先生眼睛從沒有放在我身上。但，正一的眼神都是看向妳，我到現在還是不明白，你們為什麼會離婚。」

我張開眼睛，我也不明白啊。我和夫人的煩惱都一樣，就是老公不愛我們。

「正一之前只要回台灣，都會來看看我，陪我散步說話，做妳之前在家陪我做的事。」我好意外，夫人又繼續說：「妳知道他是喊我一聲『媽』的嗎？」我點頭。「如果是允揚和正一，我個人是投正一一票的。別跟昊天說，他又要生氣了。」

我笑了笑，「幾票都沒有用，我們都離婚了。」

「可以再結啊。」

「人家會以為我們來騙紅包的！好了，夫人，妳該睡了，不然明天怎麼有力氣出院？」我強迫夫人睡覺，每當她又想開口說話，我就「噓」一聲。被噓久了，她也真的就睡著了。

我搞不懂何正一，難道跟我結婚只是個幌子，其實他只是想要一個媽？我嘆了口氣，不再多想。確定夫人睡著後，下了床，為她拉好被子，才睡到了一旁的陪病床上，不知道翻了多久才沉沉睡去。

恍惚中，我發現有人在為我拉上被子。我以為是何正一，但我睜開眼睛的那一瞬間，魏允揚出現在我面前，笑笑的，「醒啦？」我瞬間坐起身，見夫人正在喝牛奶，記憶才接了回來。不然我真的一瞬間忘記，為什麼我醒來的第一眼，是看到魏允揚。

「昊天和茉莉去辦出院手續，等一下就回來了。」他說。

我點了點頭，站起身，衣服勾上了陪病床的杆子，又瞬間跌坐到陪病床上。只是這次不同的是，我為了要穩住重心，拉了一個墊背的，就是魏允揚。他也重心不穩，幸好他的手撐在了牆上，才沒讓自己跌在我身上。但這動作就像是傳說中的壁咚，動作曖昧，不過我們之間卻一點曖昧也沒有。

我伸手推開允揚，他也順勢站好，然後我聽到夫人喊了一聲，「正一，你怎麼也來了？」

我一愣，急忙起身，又差點和允揚撞在一起。他趕緊扶住了我，我也趕緊站好，眼角瞄到何正一面無表情，冷淡的將他的眼神從我身上移開，微笑著對夫人打招呼，「媽。」

我心底像是被倒了熱水，有點燙。

「謝謝你啊，還輸血給我。」夫人拉著正一說著，不知道為什麼，我有點羨慕。羨慕那種親暱感，感情好好的那種親暱感。

「應該的，妳沒事最重要，今天是不是可以出院了？」

「嗯，昊天他們去辦手續了。」

「好，有人陪妳就好了，確認妳沒事，我就可以安心去上班了。」何正一是開了什麼外掛嗎？這種關心的話，結婚六年，他沒有對我說過半句。他幾乎什麼都不說的，只有我生病的時候，他會留在家裡工作。我新的料理做差的時候，他也是全部吃完。我想夫人的時候，他會帶我回台灣。

我可以解讀成這是他對我的另一種溫柔嗎？如果可以，我也想從他的口中，聽到這些關心的話。女人是感官動物，不只眼睛想看，心裡想感受，連耳朵也想聽到。愛上一個人，就開始變得貪心。

何正一轉身要走時，夫人喊住了他，「正一，培秀有話跟你說。」

夫人一說完，我們在場的三個人都愣住了，難道我昨天半夜給夫人託夢了嗎？不然她到底哪來的idea？

我感到尷尬，何正一對我說：「我在外面等妳。」接著走了出去，我也只好跟出去。見魏允揚一臉擔心的看著我，我笑了笑，不知道他在擔心什麼。

「找我有什麼事？」我才剛站好，他就馬上回頭問我這句話。

「我沒有要找你，可能是夫人……」

我才說到一半，他又繼續說：「沒關係，我有事找妳，晚點我會請司機過去接妳。」

「有什麼事嗎？」

「重要的事。」我們的對話就結束了。

他轉身離開，我還在想他到底找我要幹嘛，昊天和茉莉就辦好手續來了。我也沒時間多想，就陪夫人出院。但我沒有回李家。我不想和我母親爭執，再增加夫人的困擾。

是昊天和茉莉帶著夫人回李家。而魏允揚和我一起回到銀河大樓時，已經有司機等在外頭，也就是說，我今天又不用營業了。過去幾年幾乎全年無休，連過年的時候，也會跟阿紫奶奶、丁熒、海若和茉莉在店裡吃年夜飯，隔天照常營業。沒有家人的人，是沒有什麼節日的。

昊天找到我不過幾個月，我沒開店的日子，快超過營業的時候了。

「李小姐，請上車。」我點了點頭，對魏允揚道再見，他一臉想阻止卻又無從阻止的表情，讓我覺得抱歉。但我安慰不了他，我只希望他能放下一個不會屬於他的人。

坐上車，我看到座位旁掉了支耳環，好奇撿起。

司機從後照鏡看到，便直接說：「啊，這應該是劉小姐的。」

我想起了他的相親對象，手有點發抖的想把耳環放下，司機又說：「李小姐，妳給我好了，我晚上再給劉小姐。」

「晚上？」我問。

「是，晚上老闆和劉小姐有約。」

「他們很常見面？」我脫口而出問著。

司機一愣，「不好意思，李小姐，這我不能說。」司機不用感到慌張，我才覺得自己唐突，我是在調查什麼？我把耳環交給司機，心卻一直都是沉著的。

我以為是要去公司，卻來到了舊公寓地點改建的那棟新大樓，也看到了我和魏允揚呆坐過的長椅。

車子駛進了地下室，司機帶著我上樓，然後按了門鈴，何正一穿著居家服來開門。我好想問他一件事，為什麼男人總是越老越帥，女人則越老越沒價值？我的身價也是直線下降中。

但我當然沒有問。

他側了身，讓我走進去，再關上門。那幾年們一起在香港的生活，又在我腦子裡跑了一次。「坐。」他說。我緩緩坐下，然後他為我倒了水，用著對客戶說話的方式，微笑的對我說：「不會耽誤妳太久。」

「你怎麼住在這裡？」

「這裡是我家。」家？我不懂他為什麼要買在這裡，這麼剛好，是我以前住過的地方。我沒問，買哪裡的房子，都是他的自由。

我點了點頭，「我以為你住在飯店。」

「我？不是，是以晴住在飯店。」我第一次聽他口中喊出別人的名字，還是兩個字？我大膽猜著，「劉以晴？劉董的女兒？」

「嗯。」

「你們應該很順利吧。」我說，而且肯定比我們順利吧。所以他的司機、他的車都隨她用。

「還可以。」他問。

「所以你會娶她？」

「嗯。」秒答。他秒答！然後問我，「妳呢？和初戀情人什麼時候結婚？看你們感情也不錯。」

干你屁事啊，我只想朝他大吼，而且我和魏允揚什麼時候在一起了？你哪隻眼睛看到了？你有病啊？但我當然沒有吼，在他面前失控，我可做不到。

我只是受不了他說會娶別人。我天旋地轉，不知道轉了多久，我吞了吞口水，才緩緩問出，「你喜歡她嗎？」

他看著我好一陣子，才回答，「喜不喜歡，對我的婚姻來說，不重要。」

我頓時無語。我對他來說也是這樣的吧，「你喜歡過哪個人嗎？」我問。

他愣了一下，看著我，「有。」他的回答，又像是呼了我一巴掌。我時常想，他這種個性、這種家庭背景，使他不知道怎麼喜歡一個人，才會拿自己的婚姻來當擴展事業的籌碼。今天他卻回答我，他喜歡過人。

原來，是我不值得他喜歡了。

我想離開了，直接問：「你要跟我說什麼？」

他拿起桌上的文件遞給我。我接過來，翻了第一頁，就把文件還給他，「我不需要。」到底多有錢，股份這樣亂給。

「就算妳不需要，但妳家的人需要。」

「李家不是我的家。」

「我們結婚六年，讓妳空手離開，我過意不去。」他說。

「所以勉強要我收下，好彌補你的歉疚？」

他不解的看著我說：「這只是當初說好結婚的條件。既然我們離婚，這本來就算是妳該有的報償。」他一這麼說，我心都要痛了。我難道不知道嗎？但什麼都不拿，就是不想讓我的婚姻真的成了利益。我愛他，我們的婚姻是有愛的，就算只有我愛他。

但他現在卻要逼我，讓我把我的婚姻從此定位在這裡。

我看著他，眼淚都要掉出來了。這時他的手機響了，我眼睜睜地看他接起，走到一旁輕聲細語。我盯著股份轉讓書，咬牙擦掉差點就要掉出來的眼淚。他走了回來，說了一句，「晚上見。」接著關掉電話，又坐到我面前。

「好，我拿。」我說：「但是這些股份，請轉給昊天。」

他有點意外我的決定，「妳確定？」

「嗯，昊天不會讓我這個姊姊餓上一餐的，麻煩你了。」

我起身要走，他也起身拉住了我，「等一下。」他拿了另一份文件給我，是房屋所有權狀，上頭是我的名字，而地址就是這裡。

「這個是？」

「之前要給妳的，但律師都說妳不肯收。」我根本不知道他說的房子是這裡。我看著上頭的日期是七年前，是我們還沒有離婚時，他就私下買下了。

「為什麼買這裡的房子？」我還是問了。

「媽說，妳在這裡是最快樂的時候。」他在意我快不快樂嗎？那如果我說，我什麼都不要，就只要你，他會怎麼樣呢？我想，他會問我是不是瘋了吧。

我苦笑，也只能苦笑。從離開這裡的那天起，我的每一天都是惡夢，今天也是。接著我起身對他說：「不用送，我可以自己回家。」他也沒有留我。我往前走，打開門時，我忍不住又回頭，「希望我是你的最後一次教訓，祝你和劉小姐交往順利。」

他愣愣的看著我，想要再說什麼時，我轉身走了出去，挺起胸膛，不表露情緒的走進電梯。我努力不去可惜我自己的感情，努力假裝沒有這回事。電梯門開，我走出大樓，我什麼都不想要，唯一想從他身上拿回來的是我的心，是我對他的感情，可是我拿不回來。

我以為我可以撐到上公車再哭，我卻走不到兩步就蹲在路邊，流起了眼淚。「小姐，妳有沒有怎樣？」「小姐，需要幫妳什麼嗎？」台灣最美麗的風景是人，但我不是，我就這麼蹲在路邊，不知道哭了多久，我才抬頭。想要起身，腿卻突然一陣痲，讓我站不起來，每踩一步，我都要腿軟。

好不容易走到柱子旁，伸手扶著，讓自己不再那麼吃力，眼前卻出現了何正一的座車，載著他從我面前經過。我又想哭了，但我不能再哭，六年前就註定結束，為什麼一看見他，愛又全回來了。

原來愛不是消失了，愛只是藏起來了，像在跟他躲貓貓一樣。我的愛，一直都找不到主人。

過了好久，我才有力氣走。本想回家，但還是去了咖啡店，沒有打算營業，我只是想去那裡聞咖啡香療傷，做點什麼可以忘了何正一的事。半開的鐵門只透進了一點光，我覺得這樣很好，不用擔心鏡子會反射出我最狼狽的模樣。都已經這樣了，還被自己嚇到，真的太慘了。

我把所有的器具全洗過一次，把工作台和整店桌椅都擦過一遍，把洗手間刷了一次，再把地板也全拖過一次。最後累到坐在一旁，差點就打起瞌睡，眼角瞥見有人影走了進來，我才喊了，「今天沒有營業。」

「是我啦，培秀姊。」茉莉的聲音傳來。

我坐起身，笑笑的看著她，「妳來啦，要喝點什麼嗎？」她搖頭，坐到了我的旁邊，眼神擔心的看著我，卻不說話。

「妳這表情，是想問我什麼嗎？」一副想問又不敢問的樣子。

茉莉搖頭，「沒要問什麼。」

「那是？」我真的很好奇。

茉莉突然握住我的手，表情有點萌的對我說：「不知道，就是想看看妳啊，我們剛在樓上猜拳，我猜贏了，所以是我下來。」

「妳們明明每天都在看我啊。」我笑了笑。

「所以才發現妳這幾天心情不好啊。」

「我沒有心情不好。」我說。只是以前比較會掩飾，現在則是一堆人在逼我現形。

「我知道，我的事昊天多少都跟妳說了。我也不在意，我也希望妳們不要太在意我，我沒有妳們想像的那麼苦。」

「我們沒辦法想像，因為光聽就好辛苦了。」她這麼對我說。

「妳不辛苦嗎？丁熒不辛苦？海若不辛苦？大家都很辛苦啊。但我真的沒事，就算有事，也總有一天會沒事，妳只要好好陪昊天就行了。」

「他有妳這個姊姊，簡直不能再好了。」茱莉吐糟他，「但早上我跟他生氣了。」

「怎麼了？」茱莉這麼好脾氣，怎麼會和昊天吵架。

「因為他一直叫我來勸妳和魏大哥合好啊。」茱莉氣呼呼的，「男人真的很不懂女人耶，如果不是自己想要，再好的人我們都不想浪費時間啊。他真的講都講不聽，我知道他擔心妳，所以一直好好勸他讓妳自己決定。他都說不行，上次妳決定要結婚，他在國外，這次不能再放縱妳了。」

我笑了出來，真是個傻弟弟，「別理他。」

「妳才別理他，不管他說什麼，妳做自己想做的事就好。」她叮嚀著我。我點了點頭，突然她又轉頭問我，「對了，阿紫奶奶前兩天問我們有沒有想換公司地點，她有沒有問妳？我們覺得好奇怪，明明才剛整修完，還打算在這裡至少十年的。」

「有，但她好像只是隨口問問。」

「那就好，我先上去上班了。妳好好休息，大吃一頓幹嘛都好，不要用勞動來麻痺自己的心情，其實沒什麼效。」

被拆穿了，我苦笑點了點頭，「嗯，我要回家了，謝謝妳的關心。」

「應該的，妳是我們的培秀姊啊。」

和茉莉東聊西聊了一會兒後，她跟我說：「培秀姊，我常會想，如果我們的媽媽很棒很好，今天的我們會是怎樣？」

我笑了笑，「大概不怎麼樣吧。」

「我也是這麼覺得。」悲傷的人，都透過傷心來鼓勵彼此。這是順利的人很難經驗到的特殊際遇。

我們看著彼此，笑了出來。

送走茉莉後，我也準備回家，一走出店外，就看見魏允揚站在門口。不是巧遇，是他在外頭等我。「怎麼了？」我問。

「一起吃晚餐？」

「好，但吃我想吃的東西。」我說。

他笑了笑，點了點頭。

於是，我們去吃了熱炒。平常一個人頂多就是便當、麵包、簡餐、一碗麵。有時候想吃不同口味的菜，就是自助餐了。但自助餐再怎麼多樣化，它一樣就是便當的感覺。自己一個人吃，跟兩個人、很多人吃還是不一樣的。

我點了很多東西，還拿了幾瓶酒。魏允揚有點驚訝，笑著對我說：「妳這個樣子，看起來好像回到了大學一樣。」

有時候，越是不願回想過去，過去就越來找妳。我發現這幾年來，我讓自己過得很好，那只是因為我努力不去當李蓓秀。但事實上，李蓓秀早融進我的血骨之中，我不能再逃避下去了。

我得和那個李蓓秀相處，學著安慰她，學著和她一起向前走。

當我開始這麼想的時候，我發現自己好像不再只是可以呼吸，而是真的真的可以活下去。我自在地吃著，喝著，魏允揚突然問我，「妳今天心情好像不錯。」

我點了點頭，「是不差。」

「發生什麼好事？」

「我前夫要給我一棟房子，還有很多股份，算不算好事？」

「不算，就因為妳不會收。」他說得好像理所當然，像是很了解我一樣。

我笑了笑，「別人給的，我馬上收，但他，我是真的不行。」

「為什麼？因為妳愛他？」

「而且比我自己想像的還要愛他。」我心裡確確實實住了一個人，我不知道他什麼時候才會從我心裡搬走，畢竟他住了這麼多年，我這個房東也不好意思說什麼。

魏允揚先是一愣，然後點了點頭，「那我是不是錯過了太久？」

我笑笑，「是吧，不只太久，而是很久。」

他深吸一口氣，乾了杯酒，「我現在什麼都有了，卻沒有妳。」

「如果你有了我，卻什麼都沒有，你願意嗎？」

換他苦笑，我也笑了，「是吧？愛很重要，但現實更重要，尤其我自己開店之後，我才知道生活有多麼不容易。我是氣過你，但我並不怪你的選擇。允揚，我覺得我們誰都沒有錯，謝謝你曾經是我的初戀，那段在李家的日子，因為有你，至少我很開心。」

他突然紅了眼眶。我嚇了一跳，「你幹嘛啊？」

「覺得妳長大了。」他有點哽咽的說。

「我都要老了。」我笑了。

「那我可以安心回英國了。」他說。

「你不是才剛租了四樓？」

「我本來打算長期抗戰，但今天看妳眼神這麼堅定，我也只能舉白旗，退出妳的人生。我想……這樣才是對妳最好的。」他說得好苦澀，我心裡都有點難受了。

「希望你順利。」

「妳也是，我比誰都還真心希望妳幸福。如果妳真的愛他，就再去告訴他。」他這麼對我說。

我搖了搖頭，「他現在可能要跟別人結婚了，心裡怎麼可能會有我。」

「培秀，妳看妳爸媽還有夫人，妳難道不曉得，對有些男人來說，結婚和愛是可以分開的嗎？」

我心裡一刺，「欸，就算不追我了，講話也不用這麼直接吧。」

他笑出了聲，「抱歉，妳難道不能像我一樣先做了再說嗎？雖然有點失敗。」

「你拿你當例子，是要怎麼鼓勵我啦。」

「搞不好我失敗，但是妳會成功啊，就算做了同一個選擇，也可能會有不同結果，妳就是比我好運啊。」

我笑了笑，「不要。」

我忘不了那次在宴會上告白後，隔天他的表情有多冷淡，看過一次就夠了。不對啊，為什麼允揚會說「再」去告訴他？我告白的事，他怎麼會知道？

正想開口問時，我的手機鈴聲響了，昊天的聲音慌慌張張的，「姊，妳趕快回家，出事了。」

「怎麼了？」

「剛才何正一來家裡，說妳要把股份給我，妳媽就抓狂了，現在她抓著我母親在房間裡。」

「我馬上回去。」我說。

我急忙掛掉電話，拿著包包就要走。允揚拉著我，也緊張的問：「發生什麼事了？」

沒能好好吃完一頓飯，我真的覺得很抱歉，「夫人出事了，我要馬上回去一趟，不好意思。」

「有什麼不好意思的，都喝了酒，我們坐計程車去。先處理重要的事。」他安慰著我，我點點頭。

接著快速結帳，走到路口攔車，上了計程車，請司機幫忙以最快的速度到李家。我真的沒有想到，我母親會為錢瘋狂到這種程度，太可怕了。老實說，我一點也不想拿這股份，只是為了成全何正一，不讓他覺得佔我便宜。我能接受的，便是把股份都給昊天，公司是他的，當然都要給他。

我在緊張中到達李家，快速進了門，魏允揚跟在我後頭。只見我父親、昊天還有何正一都站在父親房間前，一臉焦慮。何正一先看到了我，表情擔憂，然後他看到了魏允揚後，緩緩轉過了頭。接著是昊天，大聲喊了我，「姊！」

我走了過去，忍住所有情緒，伸手拍著門，冷冷說著，「開門。」

房裡的人不應聲。

我又用力拍門，「我叫妳開門。」

裡頭才有了回應，我母親聲音比我更冷、更沉，「妳是誰？憑什麼要我開門？妳有把我這個媽放在眼裡嗎？」

這時候，我都恨為什麼家裡有錢，別說撞門了，連門鎖要敲壞也很難，「都沒有半副備份鑰匙嗎？」我氣喊。

「爸的房間，誰敢拿備份鑰匙？」昊天的語氣有點酸，他從不這樣說話的，因為怕夫人傷心和難做人。

我父親也覺得愧疚，但他的確該愧疚，「我真沒有想到美香就這麼拉著冬梅進去。」

「你沒想到的事，何止這一件？」我忍不住了，我也不想忍住。

「要不要找鎖匠？」允揚提議著。

「這鎖有好幾道，不是那麼容易開的。」昊天說著。

我深吸一口氣，「妳再不開門，我就報警了，順便再找媒體記者。明天頭條就會有知名企業家股份比例分配不當，小老婆懷恨挾持大老婆。我會請他們一定要寫上妳的名字，我擔心妳不夠紅……」

「李培秀！妳這麼不孝，以後會下地獄。」門裡又喊著。

「沒關係，我們地獄見。」我說：「我給妳五秒。」

「妳有本事妳就報警，我就不信妳敢。」我母親在裡頭冷哼著，我果然不是她養大的，我最敢做這種事了，她居然不知道。

我對昊天使了個眼色，他馬上明白我要做什麼，拿著手機走到一旁。

我也拿出手機，按了撥出，然後轉成擴音。「第一分局你好。」昊天的聲音壓低了些，從手機傳出來。

「我要報警，小老婆挾持大……」

我都還沒有說完，就聽見門打開的聲音，咔啦一聲。我結束手機通話，推開了門走進去，就見我母親站在梳妝台前，拿著修眉刀，對著坐在化妝椅上的夫人。夫人一臉無可奈何的表情，看起來精神不錯，沒有嚇到，只是覺得無言以對。

我真的忍不住笑了出來，就算大家覺得這時候我笑得跟瘋子一樣，我還是想笑。我真心覺得，全世界荒唐的事怎麼都被我遇到了？第一次看到有人拿修眉刀在當武器，我好整以暇的坐到了沙發上。

我冷冷看著我母親，「妳到底要任性到什麼時候？」

「是妳到底要針對我這個媽到什麼時候？妳可以不要拿何正一的股份，但妳怎麼可以給李昊天，給他們母子！」我母親又氣又吼的對我說。

「我的東西，我決定要給誰，是我的自由不是嗎？」

「不是！妳是我女兒，我說了算，誰都可以給，就這姓林的女人不行，不行不行不行！」我母親失控的揮著修眉刀。

我父親嚇得急忙拜託我，「培秀，妳別再刺激妳媽了，好好跟她說好不好？」

「不然你自己跟她好好說。」我看著我父親，看著始作俑者，我最該恨的人應該是他。我父親艱難的退後了一步，他比我清楚，我母親發瘋的樣子有多可怕。

「妳明明是我的女兒，可是卻跟這個女人好，她是搶走我幸福的人啊！妳怎麼可以這樣對我？」

「我明明是妳女兒，但妳有把我放在眼裡過嗎？從小到大，妳心裡就只有李家。」

「我想要回李家，是想要一家三口幸福啊，她走了，我們就可以幸福了。結果，妳不感念我的用心，還處處跟我作對，我是妳媽、我是妳媽、我是妳媽！」

「可是我一點都不想當妳的女兒。」我冷眼看著她的失控。「沒錯，妳生我下來，但是妳從不愛我。其實妳也從來不愛爸爸，妳愛的是妳心目中想要的那個自己。當初妳和爸戀愛，是他剛好符合了所有妳想要的條件，可是奶奶反對，理由是妳配不起爸。妳不能接受，妳選擇等，總算被妳等到奶奶死了，可以回李家，只是妳回來的目標，不是要我們一家三口幸福，是想搶回夫人擁有的東西，因為妳妒嫉她。」

「我沒有！」我母親大吼著。

「妳有，妳搶走了她睡在爸旁邊的位置，妳搶走她站在爸旁邊的位置，搶走了所有爸該留給她的時間。但妳搶不走李太太這個身分，就算妳擁有了再多，妳仍然不是李太太。」

「都是妳害的，要不是妳用結婚交換，我早就是李太太了！」母親被我氣哭出聲。

「像妳這麼自私的人，什麼事都如妳所願，老天爺也太不長眼了吧。」我起身，走向我母親，「為什麼妳還不滿足？妳已經搶走夫人那麼多東西了，現在還想要搶昊天的？」

她拿著刀在我面前張牙舞爪，「我就是要她這輩子比我不幸。」

「李培秀，不准妳再多走一步！」我聽到何正一在我身後大吼，好難得，他也有分貝這麼高的時候。我回頭看了他一眼，看到了他眼神裡的擔心，我心有點融化，好想就這麼聽他的話。但我本來就不是聽話的人啊。

我直接站到我母親面前，繼續對她說：「不幸的人只有妳，妳的貪心害死了妳。」

我聽見身後三個男人同時倒抽一口冷氣。

夫人也嚇得發抖，「小秀，妳快退後，危險啊。」

「都走到這裡了，我怎麼會退後。」我抬頭看著我母親，很堅定的說：「股份我一定會給昊天。有本事你可以針對我，搞不好我死了，正一就不會想讓出股份了，那昊天也肯定沒有了。這樣算來，我的命比夫人的值錢，妳找錯人了。」

「如果我對這個女人動手，妳還是這麼堅持嗎？」

我點頭，「如果妳動手，下輩子就在牢裡了，妳怎麼這麼傻啊？」還想學人家幹壞事，原來我母親的手段這麼幼稚又自以為是。過去我實在是太高估她了，還以為她多厲害，她能走到現在，靠的就真的只有我父親的愛了。

而這卻是夫人一直想要的。

我母親頓時腦羞成怒，拿著修眉刀就要向我劃過來。老實說，我真的不害怕，頂多痛一下就過了。沒想到我才伸手要擋，何正一已經抱住了我。他的肩上被劃了一刀，好在西裝夠厚，只是劃破了衣服。

我冷冷看著他，「被你賺到一次英雄救美。」

他卻氣得咬牙對我說：「現在是開玩笑的時候嗎？」

當然不是，但現在如果不笑，難道要哭嗎？

在何正一保護我的同時，昊天已經打掉了我母親手上的修眉刀。我父親勸著我母親，要她別再激動。但是我母親不肯，仍在一旁大叫著，「不准給他，更不准給這女人，都是她害我的。」

我推開何正一，看著我母親，「沒有人害妳，妳到底懂不懂，是妳自己做錯了選擇，是妳害了妳自己。就算今天不是夫人，爸也會娶別人，妳也一樣是小三。」

她惡狠狠瞪著我，一點也不像把我當成女兒的模樣。

我萬念俱灰，懶得再理她。

我轉身才走了幾步，又聽到夫人的驚呼。回頭一看，我母親手裡拿著硫酸瓶瞪著我們。「沒關係，你們都怪我好了，都怪我好了！」母親越說越激動，手也在顫抖。她往前走來，「我好不容易生妳下來，妳是這樣報答我的嗎？」

何正一拉著我緩緩退後。結果，我天真的母親，激動的邊說邊移腳步，卻一腳踩到了自己掉在地上的那把修眉刀，一個重心不穩，把那整瓶硫酸，拋到了空中……

第八章

為什麼別人的錯，卻總是要我來擔？

因為那一瓶硫酸，我們全都在醫院了。

當它砸在高一百五十公分的立燈上時，濺出的液體噴了過來。我被何正一保護，而魏允揚卻保護了我跟何正一。他身上只穿了件襯衫，我就這樣傻在原地，看著何正一和昊天快速地將允揚架到浴室。我聽見沖水聲，而眼前出現的視覺殘留都是他背後被燒壞的樣子，衣服破了好幾個洞，大大小小的。

我聞著臭臭的味道，想著：地獄是不是也是這個味道？

接著，我聽到救護車的聲音。

然後，我們就都在這裡了。

這一段時間，我的腦子是空白的，我不知道到底發生了什麼事，允揚才會閉著眼睛趴在我面前。醫生的聲音斷斷續續，我只聽到了幾個詞，灼傷，傷口處理無礙，可能留疤，需要休養……

「都是我害的。」我自責的說著。

昊天站在我身邊，擔心地說：「姊，不是妳的錯。」

是，都是我的錯，是我說要把股份給昊天，惹毛了我母親，才會讓她失控，害無辜的人受傷。應該是我的背有洞，而不是魏允揚。我該拿什麼來賠他？

「別哭了。」昊天緊抓著我的手，但我什麼都感受不到，我只感到害怕，前所未有的恐慌。我以為我母親雖然自私，可不至於到這種地步，我不懂父親的心都在母親身上，她為什麼還能咄咄逼人到這個程度？

而我的無知，害我身旁所有人都跟著一起受苦。

不如我帶著我母親一起下地獄好了。

才有這個念頭，我的手上就被塞了杯溫開水。抬起頭，是何正一，於是把氣出到他身上，「你幹嘛讓股份？你為什麼要測驗人心？為了讓你心裡好過，害允揚不好過，你滿意了嗎？」紙杯被我掐爛，水灑在我的手上，也灑在我的衣服和何正一的褲子上。

「姊，妳別這樣。」昊天勸我。

我也不想這樣，我也不想！

我捏著紙杯，轉身就往外走。我不知道要走去哪裡，我只知道我需要哭一場，我要把所有的眼淚都流光，這樣我就不會再哭了。其實何止一哪來的錯，我們誰有錯了？所有的錯，都錯在選擇，都錯在言不由衷，都錯在無可奈何。所有的錯，都錯在老天爺為什麼如此安排，如果我父親和我母親沒有相遇，這一切是不是都不會發生？

我們都能出生在一個美好的家庭，我們都有自己的爸媽，我們不用多富有，只要平安順遂。有一個會幫我罵學校臭男生的爸爸，有一個嫌我吃太多卻一直煮的媽媽，有一個很愛欺負我，但凡事為我出頭的弟弟。最後，嫁給一個可以手牽手去逛全聯、夜市、去看二輪電影，一起罵劇情到底在搞什麼的另一半。

能不能給我這樣的生活，一個月就好，一個星期就好，甚至一天就好？

我可不可以過著普通的生活，煩惱著普通的煩惱？

我像是要折磨自己好轉移注意力，沒有停下腳步，滿頭大汗，背上都濕了，可是我還是停不下來。好怕自己一停下來，硫酸瓶在空中的畫面又會出現，越走越急的下場，便是我在路上跌了狗吃屎。

然後，我被跟出來的何正一扶起來。我都還沒罵他雞婆，他就把我拉進懷裡，「好，妳覺得都是我的錯，就都是我的錯，對不起。」

他道歉了，我更生氣，但是氣我自己。我推開他，手擦跌破皮滲出的血絲剛好抹在他的淺色西裝上，我更加覺得自己無能，「剛才失控把氣發在你身上，是我不對，我道歉。但你不要再出現在我面前了，可以嗎？」

「為什麼？」

「因為你要結婚了，而我要回去照顧允揚了。」我直接說。他愣了一下，我們本來不該再有任何交集，結果今天又全碰在了一起。大概是躲了六年，一次爆發的後果。所以人不能逃避，至少傷痛和難過可以被時間平均，現在要我承受一切，我也不能說什麼，這本來就是我早該面對的。

我沒有理他，直接轉身再往醫院的方向走回去，他在後頭喊著我，「李培秀！」我仍然沒有回頭，早幾年喊該多好，那我會朝他飛奔而去，大聲的再跟他說一次，我愛你。

但現在的我，說個屁啊。

我回到病房，允揚也醒了。昊天在正在陪他，見我來，他表情像是沒有受過傷的說著，「妳怎麼又來了，昊天不是說妳回去休息了嗎？」

「你還痛嗎？」我擔心的問。

「不痛，一點皮肉傷而已。」被火燒著的感覺，怎麼可能會不痛，他只是不想要我擔心才這麼說。但殊不知，我寧可他喊痛，罵我禍害，也不要他這麼對我百般包容。

「昊天，你回去吧，夫人今天應該也嚇到了，回家陪她，我照顧允揚就好。」

「這樣好嗎？」

「哪裡不好？」

「允揚哥上洗手間可能需要人扶。」

「我沒手？」我冷冷看著他問。

沒等他再多說廢話，我把他推出了病房，然後轉身和魏允揚對視。兩人頓時尷尬起來，我不知道該說什麼，只好問他，「你要上廁所嗎？」

他笑出聲，扯到了傷口，我卻笑不出來。坐到了他的旁邊，才剛要開口，他就先說了，「不要內疚，不要抱歉，我只是倒楣。」

「什麼意思？」

「我就是辦公室坐久了，反應慢，如果今天我動作快，何正一就慢一拍，換他保護我們，就是他受傷了。」

傷成這樣還能安慰我，我沒好氣的說：「歪理。」

「哪裡歪了？我說的不過就是事實，妳自己想想，我有說錯嗎？我就是回台灣都沒有跑步，才動作變慢的。別說我還是他，就算我們都不在，昊天也會衝過去的，所以妳不用特別覺得抱歉。」

我還是接受不了，我比較希望是我保護大家。

「好了啦，真的，如果真的覺得對不起我，那妳答應我三件事？」

「好，什麼事？」別說三件，十件都行。

「第一件事，現在馬上去睡覺。」他說。

我才要開口，他又馬上開口，「三秒前答應的，馬上就忘了嗎？」

我只好乖乖去躺在陪病床上。我到底能不能好好的睡一天？

「要關燈嗎？」我問。

他笑笑的點了點頭，於是我起身把燈關了，只留下一些光線。

我們各自在各自的位置上，他突然問著，「培秀，我們認識多久了？」

我閉著眼睛，數著，「十六、十七年？」

「這麼久？」

「嗯，這麼久。」

「突然覺得一直久下去，好像也很不錯。」他輕輕說。

我愣了一下，不知道他話中有沒有話，那我肯定是回應不了他的話中有話，我只能說了聲，「晚安。」他也對我說了晚安。然後病房靜到只聽見點滴滴下的聲音，像是我無以為繼的心情。

整個晚上我都沒有睡，想著這一團糟的日子到底該怎麼解套，我要再次遠走高飛，再次眼不見為淨嗎？這次我還能逃去哪裡？能再逃去別的地方，假裝不在意過去，只看著未來生活嗎？

這些問題，我想了一整個晚上，天才剛亮，我就起床，為魏允揚去買點吃的。當我回來，昊天已經在病房裡了，一旁還有夫人跟阿美姨。我真的是差點沒有嚇死，拿起手機一看，才六點四十五分。

「夫人，妳怎麼會在這裡？李昊天，你是瘋了嗎？居然帶夫人來。」

「別罵他，我擔心允揚也擔心妳。」

「我們沒事。」我和允揚同時回答著。

然後夫人便對我說一聲，「培秀，我可以跟妳一起住嗎？」

我一愣，抬頭看昊天，他點了點頭，指著病房一角的幾個行李箱。我有種不好的預感，阿美姨便說著，「李小姐，妳先帶夫人回家，這裡我可以幫忙照顧魏先生。」

「其實你們誰都不用陪我，我自己一個人也可以。」允揚雖然這麼說，但我們都不覺得他可以。只是，見夫人居然踏出李家，我猜昨晚可能發生了什麼事。我只能向允揚道歉，拜託阿美姨幫忙一下，便先帶著夫人離開。

回我家的路上，我們都沒有說話，昊天開著車，我見他表情嚴肅，心裡不安的想法又更多。回到家，昊天說他先去買點東西，便留下我和夫人。我住在頂樓，沒有電梯，夫人一口氣爬了五樓，有點喘。

我為她倒杯茶，難得看她流了汗，「我開一下電風扇。」我按了開關。夫人一臉覺得有趣的看著我在二手市場買的電風扇笑，她居然還笑得出來，那應該不是離家出走，只是想度個假吧。

「夫人，妳是不是有什麼話要跟我說。」我緩緩問著。

她喝了口茶，抬頭看我，裝沒事的說著，「我和妳爸離婚了。」眼前的黑不是黑，她說的白也不是白，這個夫人不再是我的夫人。那個離開我父親、離開李家一天就會紅眼睛的夫人去哪了？

現在這個夫人，居然平心靜氣坐在這裡問我，「這茶還不錯，哪買的？」

「哪買的重要嗎？妳怎麼可以跟我爸離婚，妳是不是瘋了！之前拚死拚活忍下的那些委屈都白費了！」我急得不得了，夫人說過一輩子不離開父親的啊。我怕她現在這看似沒關係的樣子，只是她崩潰前的迴光返照。我真的很害怕，我不能失去她。

我哭了，明明離婚的是她，我卻哭了。

就像你努力很久才蓋好的沙堡，海浪一來全沖掉了，你要怪誰？怪那茫茫大海嗎？不，我們不能，只能怪自己，為什麼要選在那個地方，為什麼要選那個時候，為什麼這麼執意要蓋？

我歇斯底里的哭了好久，夫人嚇了好大一跳，慌亂的看著我，「小秀，妳不要這樣，妳這樣我好害怕。小秀，我真的沒事，我心甘情願的，妳別難過好嗎？」

「不好！不好不好！」我開門跑了出去，但只跑了兩步。比起我的難受，我更怕屋裡的那個人有什麼三長兩短，做了什麼錯事。我很狼狽的蹲在天台上哭了起來，一直哭著，我當然明白身後那道灼熱擔心的眼神是夫人，我真的不懂，她現在該擔心的人是她自己。

我不知道哭了多久，昊天已經回來了，而且坐到我身旁，摟著我的肩輕拍著，每一句都說得雲淡風輕，「姊，其實我覺得這樣挺好的，我很開心，我當然知道妳會很難過，所以也不知道怎麼安慰妳，因為妳比誰還要在乎我媽的幸福和婚姻。可以了，真的，這些真的不是妳的錯，但妳從十六歲就攬到自己的身上。那時候我不懂，看著妳在家裡和妳媽對抗遍體麟傷，妳一直是我心目中的騎士，就連到現在，我都還是覺得妳站在我們前頭，為我們擋風遮雨。妳為了我和我媽犧牲了好多，夠了，真的夠了。妳覺得妳對不起我們，可是我們更覺得對不起妳。從現在開始，妳不用扛下三份難過，我們各自扛著，可是我們會一直在一起，我們會很快樂，那些難過都會抵消，因為我們是家人，對不對？」

本來已經收拾好情緒，被他這麼長情的一份告白又惹哭了。他一臉煩躁的說：「我跟妳說這些，是要妳不要哭，要妳放輕鬆，不是讓妳又哭得這麼厲害。喂，不要哭了啦，我詞窮了。」

然後我就笑了。

「又哭又笑，妳是狗喔。」昊天吐槽了我。我直接出手揪著他的耳朵，他哀哀叫著，我和他又好像回到了十六歲跟十一歲，打打鬧鬧的。轉頭，就見夫人站在後面，帶著微笑看著我們。

我對自己剛剛的失態感到有點窘，看向夫人，我感到有點尷尬。她笑笑的緩緩朝我們走來，我見她的身子像是被風一吹就要倒了一樣，都忍不住倒抽一口冷氣。她坐到我和昊天中間，一隻手拉著我，一隻手拉著昊天。

夫人也沒說話，我們就一起坐在天台上望著天空。

「心情真好。」她說。

我和昊天互看了一眼，不知道她說真的還是假的。夫人繼續說著，「我現在的心情，就是從惡夢中醒來的感覺。你們兩個孩子懂嗎？我做了一場三十幾年的惡夢，要不是那罐硫酸，我還被困著。」

我和昊天不說話，靜靜聽著。

「那罐硫酸破掉時，你爸去救了美香，可是明明我就站在他旁邊，我看著他保護美香的樣子，突然可以理解美香的堅持。這個男人明明就是愛我的，卻因為可笑的門當戶對，失去了該是我的幸福，我當然不甘心。」她心平氣和說著，沒有哭，只是看來有點感傷。

「我大概就是要死到臨頭，才會認清事實吧。只是現在我快六十歲了，應該不算晚吧？」夫人小心翼翼的問著，神情看起來像二十歲的女孩。我和昊天搖著頭，幫腔直說：「不算，不算。」

夫人深深吸口了氣，「空氣真香。」

我和昊天笑了。昊天突然問我，「姊，在我找到跟媽一起住的房子之前，媽先住在妳這裡可以嗎？」

我白了昊天一眼，「要一直跟我住也可以，只是怕夫人覺得奇怪，畢竟，我的身分比較特殊。」我是她婚姻失敗的加害人之一。

「是啊，跟我沒有血緣，卻最像我的小孩，妳是我的女兒啊，小秀。」夫人突然看著我，對我這麼說。「我一直多希望妳可以喊我一聲媽，不要把我放在夫人的位置。雖然外人看我們很要好，妳也總是維護我，但我知道，妳還是刻意和我保持距離，不曉得是怕自己太喜歡我，還是怕我太喜歡妳。可是小秀，我好久好久以前就把妳放在我心裡，當成我林冬梅的女兒，我多愛妳這個女兒！但我不敢要妳喊，我沒有立場，現在離開李家了，我可以自由的做很多事，最想做的，就是當妳的媽。」

我又很沒志氣的紅了眼眶。

我有多久沒有喊過一聲媽，是打從心裡想對一個人喊。我的母親是生下我的人，十六歲之前保母和佣人阿姨照顧我，最常喊媽的時候，就是父親來家裡住的日子。那時一家三口幸福美滿，我想我會喜歡我爸，大概因為他來了，我也能順道多喊媽幾聲吧。

可以大聲說著，我的家庭真可愛。

「不逼妳，妳想喊就喊，要是喊我夫人，妳比較自在的話，我也可以聽一輩子。」我的眼淚掉了下來，我人生裡就離婚那天哭得最慘，再來就是今天。夫人拍拍我的臉，「還是妳覺得，我和妳爸離婚，和李家沒有瓜葛，我們就再也當不上親人？」我搖頭，用力搖著頭。「還是妳覺得我是妳的負擔，畢竟，為了我，妳嫁了不愛的人。」我再搖頭，何正一至今仍是我愛的人。

夫人還想再說什麼時，我已經忍耐不住的喊出聲，「媽。」

昊天一愣，看著我。夫人的眼淚也不知道在什麼時候流了下來，她擁抱我，和過去一樣。但不一樣的是，現在的她，是我的媽媽，不是我父親的大老婆，不是李夫人。我也擁抱了她，其實血緣哪有什麼關係，所有關係的設定，都是在愛的基礎上。

昊天的眼神變得冷淡，不是很高興的說：「我就知道，在妳們兩個人中間，我就是多餘的。媽，我是不是妳抱回來的？」我又哭又笑的拿起一旁的水勺往昊天的頭打去，然後姊弟的戰爭再起。我們在天台上追逐著，就像過去在李家的草地上一樣，人都一樣，只是地方變了。

人都一樣，但關係也都不一樣了。

這個晚上，我們三個人在我租的小小地方，一起吃著買來的外食，喝著啤酒，然後打地舖睡得東倒西歪，這是我三十幾年來睡得最甜的一天。喔，要扣掉跟何正一睡的時候，當時我也是睡得滿香的。

還是想他。

隔天一早，昊天還在賴床，甚至說晚上也要搬過來。我房間才八坪，裡頭還得塞個浴室，住了我，現在多了一個媽，實在是擠不下又一個弟弟了。

「這裡再加上你就太擠了，你好好住家裡，我現在和你爸沒關係，但你還是他兒子呀。」我的冬梅媽媽這麼說。

但昊天不肯，「不然我去租一間房子，我們三個人一起住。」

冬梅媽媽直搖頭，「你能不能長大呀？」昊天一臉無奈的被趕去上班。

我今天沒有打算開店，想去看一下允揚，阿美姨還在照顧他呢。「媽，我要去看允揚，醫院病毒多，妳就留在家，中午我會買飯回來。」

「妳不開店嗎？」她問著。

「今天就不開了，不曉得允揚狀況如何，我今天想去照顧他。」我說。

結果冬梅媽媽卻拉著我坐到一旁，語重心長對我說：「媽知道妳喜歡的是正一，我可先說了，不準妳用報恩來以身相許。不跟著自己的心走的話，不會幸福的。」

我有沒有看錯人？這是我的冬梅媽媽？那個被婚姻困住了三十幾年的人，居然叫我跟著心走。哈囉，是外星人入侵了冬梅嗎？她會不會下一秒脫去外衣，變成八隻腳單眼的異形怪物？她察覺到我的疑惑，馬上說著，「我可是過來人呀。」

但是冬梅媽媽，妳昨天才剛離婚，也只當了一天的過來人呀。

「我沒打算以身相許，妳放心。」

「我就怕妳幹傻事。妳要跟誰在一起都行，但一定要是妳愛的人。」她諄諄教誨。

我微笑點頭，「知道了，那我先出門。」

我腳才剛抬起來，又馬上被喊住。

「等等。」冬梅拉著我，然後說：「我去幫妳開店？」

我上上下下打量著冬梅，就怕她哪裡有了問題，「我要不要帶妳去醫生？」

她莫名其妙，「我好好看啥醫生呀。」

到底哪裡好好的？「我開咖啡店，是賣咖啡的，妳對咖啡又不熟，怎麼幫我開店啊？」

「行，可以的。」她精神百倍的對著我說。

那道在落地窗邊削瘦的身影，好似下一秒就會倒下的身子，那些使她要死不活的病，在離婚後居然不藥而癒。難怪一堆人鼓吹大家別結婚，因為不會生病，自然就不用醫病。

我被冬梅吵到不行，這才是真的千金小姐，脾氣拗得跟家裡有好幾十億似的。我只能帶著她出門，她一坐上公車，好像發現新世界，「別笑我俗氣，我可是真的第一次搭公車呢。」

她開心的看著窗外，把臉放在陽光下曬，她的氣質自然吸引了許多人的注意。

有個大學生突然問冬梅，「阿姨，妳是不是演員啊？」

冬梅嬌笑，真的是嬌笑，「我怎麼能是演員了，我都老太婆了。」

「哪有，阿姨看起來很漂亮又好有氣質，真的不是演員嗎？旁邊這個應該是妳的經紀人吧。」好的，女兒淪為經紀人，我到底看起來多滄桑？我笑笑，幸好到站了，不然我會開窗直接跳出去。

我帶著冬梅到店裡，她笑笑對我說：「小秀，妳幫我煮一大壺熱咖啡，還有一大壺冰咖啡，我就可以賣了啊。」

想得真周到。

「妳可以？」

「倒咖啡不就跟倒水一樣嗎？我真的很想做生意，每次聽昊天說妳咖啡店的事，我都覺得真好，也想試一次，所以我想賣。」冬梅媽媽一副我不讓她賣咖啡就是不孝的表情，我只好點頭，很乖巧的盡著女兒本分，煮好了兩大壺。

首先教她怎麼倒咖啡，八分滿，再教她怎麼洗咖啡杯。她和何正一一樣，按一下洗潔精，才能洗一個咖啡杯。我好好的告訴她不需要這樣，只要按一下就可以了。再來交代了簡單的事，叮嚀著她，除了倒咖啡和洗杯子外，其他都不要亂動。但這樣一杯是要賣多少？我問冬梅媽媽。

然後，她對我說：「三百塊，會很貴嗎？」

我頓時無言以對，「媽，今天就當作我們店裡週年慶，對！週年慶，今天來喝咖啡的就免費。」想說女兒的一片孝心，別讓她太累，還得收錢。

結果她卻跟我說：「這怎麼行，開店不就是要賺錢嗎？我也想幫妳賺錢。」

「明天再賺就好，好嗎？」我說。

她嘆了口氣，「好吧，反正我也不缺錢，我可以給妳。」幸好那些婆媽客人還沒上門。她們每天都在擔心兒子上學花錢，擔心要給婆婆孝親費，加上最近颱風天，菜價高漲，我媽的這句不缺錢可能會引來殺身之禍，這真的太可怕了。

「媽，有些話放心裡就好，被別人聽到不好。」

「因為這裡沒有別人，我才說的啊。」我媽天真的給了我一個笑容。我在想，我可能要好好跟昊天商量，是不是得限制一下，別讓媽出門，感覺詐騙集團會第一個把她當薯條啊，詐好詐滿。

我好好交代她，注意事項差點沒有寫滿三頁。發現再寫下去，不如我別去醫院了，於是打起精神，像對孩子放手一樣，對冬梅放手，我才能轉身離開。

搭了計程車到醫院時，看到的居然是何正一在病房裡。

「你在這裡做什麼？」我很意外。

「魏先生不只替妳擋了硫酸，也是幫我擋，我來探病很正常。」他說。但他來探病，看允揚就好，一直看我幹嘛？

「OK，你請便。」我對他說完，再對允揚說：「他探病完了，我再進來。」我走了出去，站在了病房外，在待那個房間裡面，我會先得病。

沒多久，就見阿美姨走來，對我笑喊著，「李小姐，妳來啦！」接著有點不好意思的說：「不好意思，我肚子餓，剛去吃個早餐。」

「有什麼不好意思的，是我比較不好意思，一下要照顧我媽，一下子要照顧允揚。」我說，忘情的喊了媽。

阿美姨開心得不得了，「叫媽好！叫媽好，妳們比起親母女更像母女，夫人在家講到妳就是開心。很好啊，李小姐。」

我有點害羞，「謝謝阿美姨，對了，妳要不要回去休息？」

「不要叫我去休息啦。」阿美姨急著搖頭，「我都休息多久才有妳的工作可以做，我不累的，我還很有體力，家裡都要用錢的。」阿美姨也是辛苦的人。

我笑了笑，拉著阿美姨說：「不然，阿美姨妳先回去梳洗一下，再回來跟我接班。反正，之後我還有別的事要麻煩妳。」我媽得找個人盯著。

「好好好，那我先回去洗個澡換個衣服。」阿美姨開心的猛對我道謝。

「不用趕，我不急著走，妳慢慢來就好。」阿美姨點了點頭，但腳步加快的離開。能好好生活，是一件多值得開心的事。

我在門外等著，等了好久，等到護理師進去又出來，我抓著護理師問裡頭狀況，是的，不是問病人狀況，而是裡頭狀況，會不會很沒良心？但我真的很想知道他們裡面在幹嘛？怎麼會沒有聲音？

雖然有聲音也很怪，但總是該有些動靜。我不認為他們熟到可以交心，或許前晚才是他們第一次見面？結果現在何正一已經在裡頭待了快半小時，這合理嗎？

我等到有點不耐煩，就見有個熟悉又漂亮的女人，在病房前探頭。她打量著我，眼神並不讓人覺得不舒服。而正當我才剛想起她是誰，何正一也走了出來。我當作沒有看到他似的走進病房，畢竟人家的準結婚對象都找來了。

在關上病房門的那一刻前，我聽到他們相偕離去的腳步聲。

魏允揚趴著看書，轉頭看著我說：「妳不高興啊？」

「沒有啊。」

「可是妳臉很臭耶。」

「生理期吧。」我說。他笑了笑，然後要我扶他起身，他想出去走走。他的傷口並不非常嚴重，小傷口多，主要是一個大傷口要小心點，擔心會有併發症，所以得住院幾天。「我怕你扯到傷口會痛。」我說。

「我早就痛了。」他說，這是什麼意思？

我們醫院內走著，我無法克制我的好奇心，忍不住問了，「你和他都說了什麼？」

「沒說話啊。」

「那你們在幹嘛？」

「我看書，他看手機啊。」

「幹嘛啊？」我不懂。

他笑笑說：「可能想幫妳盡點心力吧。」

「幫我？他幹嘛幫我。」

「喜歡妳吧。」他對我說。

我愣了，停住了腳步。魏允揚也停步，站到我面前問：「培秀，妳和他究竟為什麼會走到離婚這步，我以為你們會幸福快樂的。」

「用利益交換來的婚姻，怎麼可能會幸福。」

「一開始或許是，但後來呢？日久生情，也不無可能。」

「日久生情是有可能，但只有我。」我苦笑。

他有點生氣的跟我說：「李培秀，我今天退讓，站到朋友的位置，不是要看妳單相思耶，妳能不能為妳自己的幸福勇敢一點？」

「我還不夠勇敢嗎？我知道我這樣子的婚姻愛上對方很窩囊，我應該要高冷一點，驕傲一點，再超脫一點。搞不好相敬如賓，我還可以待在他身旁，但是我偏偏就是性子急，跟他說了我愛他，結果呢？他之後對我有多冷淡。」

「妳怎麼跟他說的？妳確定他聽清楚了？」

「肯定有，就算我那時候喝得有點醉，也確定他聽到了，因為他對我點頭了。我以為他也愛我，結果並沒有，是我自作多情。」

魏允揚一臉困惑的看著我問：「妳喝醉？妳告白那次，是妳回台灣參加宴會那次？」

我更覺得困惑，「對啊，你怎麼知道？」

這件事連鬼都不知道，那時候也不是鬼門開。

「因為妳告白的人是我！」魏允揚氣急敗壞地吼著我。

奇怪了，該失控的人應該是我啊，他跟著湊什麼熱鬧？我沒好氣看著他，「你可以講清楚一點嗎？」

他快被我氣死的樣子，先是罵了我大概八萬句笨蛋，才開始說。他說，當他知道我結婚了，便只專心在工作上，但真的很愛我，更是放不下我，每天都在後悔的時候，我的親生母親又跟他聯絡了。

她問他願不願意再和我在一起。我聽了傻眼。

原來是因為何正一入主公司，她能掌握的更少。但也因為何正一的增資，我父親的公司起死回生，甚至賺了大錢。我母親便覺得不需要何正一了，然後開始抱持著我跟何正一離婚的希望，這樣何正一退股或是把股份賣了，她就可以買回來，當公司的大股東。

於是她告訴魏允揚，我過得不快樂，心裡只有魏允揚。他原本不信，甚至不願意回來，擔心自己又被我母親利用。但是他也忍不住在內心抱有希望，就算只有一絲絲，他也想試看看。

所以他回來了，在我母親的安排下，她期待魏允揚會和我舊情復燃，所以讓他偷偷參加了宴會，在我喝多的時候，坐到我旁邊。我以為他就是何正一，又醉得迷迷糊糊，拿酒意壯膽，便對身旁的人告白，說了我愛他。

「妳都不知道，我當下有多想把妳推進去噴水池，然後我再跳進去，跟你同歸於盡，只是那噴水池太淺了。」我這才想起為什麼魏允揚之前會說：「妳不打算再跟他說嗎？」因為第一次是他聽到了。

「後來，妳靠在我的肩上，我便決定死了心。妳已經結婚了，我也已經錯過了，所以我告訴妳，我是允揚，是選擇先放開妳手的魏允揚，妳還嗯了嗯幾聲。我告訴妳，妳搞錯對象了，妳也嗯嗯了幾聲，我說妳一定要重新好好對那個人再說一次，妳也是嗯嗯嗯的。這些妳都忘了嗎？」

廢話，不然怎麼會走到今天這個地步。

我有點崩潰，居然告白錯人。既然是我告白錯對象，那也就是何正一根本沒有聽到我說愛他的事。那他在對我冷漠什麼？是在跟我保持距離什麼？這一切像是羅生門，然後我始終開不了那個門。

我對魏允揚說了全部的事，他整個覺得我沒救了。對，我也覺得我沒救，怎麼會是這樣？那我們到底是為了什麼離婚？是他在外頭有女人，所以疏遠我，好讓我提離婚嗎？但他為什麼一直單身？甚至現在才又想娶新的太太？難道是他劈腿，結果一場空。

但是，我心裡始終認為他不是那樣的人。

所以，何正一不知道我愛他？

「妳現在該不會是在想，算了，反正他不知道也好？」允揚突然這麼對我說。

我差點沒被他嚇死，「你怎麼知道？」

他嘆了口氣，「妳真的很弱耶，我們以前在一起的時候，妳是敢愛敢恨的人啊。現在這麼畏畏縮縮，妳到底怎麼了？」

我瞪他，「我感情受創還不是因為你，就是嚇到了，不敢再對愛情那麼囂張啊。」

他笑了出來，笑得可大聲的，我也忍不住笑了出來。失敗的初戀，現在成了我們互相吐槽的話題。這世界上果然沒有千年的恨，自然更沒有萬年的愛，我們都只是活在這當下，愛在這一秒的生物。

「妳真的要這麼放棄？」

老實說不想，可是我沒告白，他都想跟我離婚了，告白會有轉圜嗎？我還是想要退縮。

「反正感情不就這麼一回事。」

魏允揚看著我，「妳答應我的三件事，記得嗎？」我點頭，他突然抓著我的手說：「吻我。」

我差點沒有賞他一巴掌，就是怕他扯痛了傷口。

「說到不是要做到嗎？」我感受到了他言語裡的挑釁，親就親，我怕什麼？於是我向魏允揚靠近。但就在剩一公分的距離時，我再也無法前進了，完全無法，他突然一靠近，我瞬間閃了老遠。

他笑出來，「現在妳還要說感情不就這麼一回事這種話嗎？」我被初戀情人耍了。

「我們都看輕了感情，結果才被感情折磨，解套的方式就是面對，就像我現在面對妳一樣。剛要妳吻我，也是三件事之一，最後一件事，我要妳再去對何正一告白一次。」他居然這麼說。

「我不要。」

「我救了妳，還受傷。」

「你情感勒索。」

「那又怎樣？」

「魏允揚！」我氣得大吼他的名字。

他卻笑笑的抱住了我，然後扯到了傷口，痛得哀哀叫的說：「培秀，這是我最後能為妳做的一件事，我要放下妳了，永遠永遠。我終於知道，為什麼妳在咖啡店說不跟我當朋友了，我們真的很難成為朋友，我們註定是彼此曾經的感情。我會把妳放在心裡，然後偶爾想起妳的時候，我會祝福妳，要妳過得比我快樂。

「我會也努力，找到永遠屬於我的那份感情。」他說。

我也想抱他，但我怕碰到他背後的傷口。此時此刻，我的初戀從背叛、傷痛，變成美好，我曾經愛過的那個人，也越來越好了。

我們都會越來越好的。

第九章 那一年的陰錯陽差。

我們聊了很久，然後陪魏允揚回病房。才剛關上病房門，他就笑笑對我說：「妳回去吧，然後不要再來了。」

「你幹嘛？」這麼突然。

「剛才跟妳說的，妳都沒有聽進去嗎？」他看著我，又是怪我不成材的表情。

「當然有，只是有必要這麼絕對嗎？至少讓我陪你到出院啊。」我說。

他搖頭。

我有點不高興，他那麼久沒回台灣，以前的朋友我猜也沒什麼往來，看他每次接電話都是在談公事，現在又因為我在住院。不管我們關係如何變化，至少至少，我都得要負責照顧他到出院吧。

「有阿美姨可以照顧我，她很好，我喜歡聽她說孫子的事。」他說。

我很遲疑，我邁不開腳步，我很抱歉。他笑著對我說：「不要再覺得對不起我了，那我是不是也要覺得對不起妳？我們來算算從我們認識的第一天開始，誰對不起誰比較多，然後看誰要還得更多，這樣妳才甘心嗎？如果是妳欠我多，妳要用什麼還？如果是我欠妳多，妳又希望我怎麼還？」

我沒有說話。他嘆了口氣，「培秀，我過去已經花了十幾年的時間在愧疚。我現在好不容易可以鬆口氣，那種歉疚感已經消失了，所以妳要是再花時間在我身上，又換我要抱歉。妳現在要做的事那麼多，真的不必要在意我。」

「我哪有要做什麼事？」

「昊天說夫人現在跟妳住了，妳得花時間照顧她。妳還要開店，也還有妳爸跟妳媽的問題……」他越說越多，我抬頭看他，他馬上懂我的不明白，「培秀，我不會跟妳說天下無不是的父母，因為我知道妳爸媽讓妳吃了多少苦。但妳總要找到和他們和平共處的方式，就算一輩子不聯絡，我也覺得心裡不要有怨，就像我們兩個一樣，和和氣氣走出彼此的世界。無論如何，我們都是曾經最接近彼此的人。」

我倒了杯水給他，我怕他說這麼多會渴，他沒好氣的瞪著我，「嫌我吵是不是。」

「有點。」我說。

他笑了出來，「那我也沒辦法，再提醒妳一次，妳還得再一次告白。」

「反正我們又不聯絡了，我有沒有說，你又不知道。」

「誰說的？」他勢在必得的說，好像在我腦子裡裝了監視器一樣，可以監控我的各種行動。只要我超過三天沒去對何正一說我愛你，我腦子裡內建的電擊器就會發動，電得我直接躺在地上。

此時阿美姨走進來，他便又趕我，「好了，妳該走了。」他將我逐出他人生的現場。我看著他，曾經恨過、埋怨過的他，曾經氣自己為何要愛他，現在卻只有「愛過他真的好好」的感覺。

「謝謝。」我說，發自內心。

「我也謝謝妳。」他的聲音裡，是滿出來的誠意。

我深吸了口氣，給了他一個最後的微笑，轉身離開。在我關上門那一刻，我們就是兩條平行線，繞在這個地球上，各自串連自己的人生，各自精彩，各自努力。

這樣很好，我們都會很好。

但我還是沒志氣一點，我一走出醫院，我就傳了訊息給阿美姨，告訴她，如果魏允揚傷口有狀況，一定要隨時跟我聯絡。這算是我身為朋友最後的一點義氣，我可以不用擔心他，但我不能不擔心他的傷口。

比想像的還早離開醫院，我便決定回咖啡店。一進門，我差點沒有嚇死，裡頭全是客人，我的冬梅媽媽還坐在某一桌，跟客人開心聊著天。我走向吧台的沿路，聽到各種不像樣的讚美。

劉伯母說：「妳媽跟妳長得好像，妳們簡直同一個模子刻出來的。」嗯？

謝媽媽說：「我還以為妳是孤兒，沒想到還有個這麼漂亮的媽媽。」咦？

陳太太說：「培秀，妳媽這麼風趣，怎麼沒聽妳聊過她。」啊？

王阿姨說：「妳弟弟帥，媽媽又美，全家基因怎麼都這麼好啊。」呃……

我真的是各種無語，只好先轉個彎，去拉回正在說 CoCo Chanel 傳奇故事的林冬梅小姐。我都走到她旁邊了，她還是沒有發現，直到我喊了第三聲媽，她才開心的起身，「小秀，妳回來啦！允揚如何？」我沒有回答她，直接把她帶回吧台。

一旁的媽媽們一同傳出失望的嘆氣聲，好像演唱會喊了一分鐘的安可，結果燈光直接熄滅一樣，我帶走了她們的偶像。這讓我覺得有點可怕，我媽現在可是在傳教？才短短幾個小時，她就已經有了信徒。

「怎麼啦？」她邊說的同時，我轉頭看到咖啡已經都空了，吧台裡有個杯子裝了一堆錢，「這是？」

「我說今天免費，客人說不好意思，我說那你們就意思意思一下，但也不能太少，妳可是花了十分鐘磨豆子、十分鐘煮咖啡、我還得洗杯子，擦杯子，洗抹布。這些都是他們的意思，他們自己放的，我沒逼他們。」我媽指著那杯滿出來的錢，裡頭還有張一千塊，這到底算什麼意思意思。

我看不穿林冬梅的潛力。

「妳趕緊再煮，剛有好幾個人沒喝到，我還得去跟她們聊天。她們婚姻都不幸福，我這個過來人去勸勸她們。」

「妳怎麼勸啊？」

「離婚啊。」她理直氣壯說著。我傻眼。「我現在才知道離婚有多開心。」

我深吸了口氣，好好告訴她，「媽，別人感情的事，她們想講，妳就聽著，別多嘴給人家意見，有時候她們不想離婚，只是想抱怨而已。」

「可是她們都罵老公怎麼還不死呢。」她認真的對我說。

我差點笑場，但又得耐心解釋，「這是一種她們跟老公之間的打情罵俏，所以妳千萬不能當真。」

冬梅媽媽一臉不解，呆愣的問我，「所以罵人加怎麼還不死，是情話嗎？」

我人生最重大的危機，不是離婚，而是怎麼教育她。

冬梅媽媽是非常有教養的名門閨秀，從小就讀女校，她母親很保守的教導她，笑不露齒，說話要溫柔，女子該守三從四德。在那麼傳統的教養下，她是不罵人的，尤其是自己的老公。所以這些婆媽讓她看到現實的另一面，她都快六十了，受得住嗎？

「媽，反正妳就是聽聽就好，不要學，也不要在意好嗎？」我說。

她先是笑笑點了點頭，接著表情有了些變化，就像是在李家的林冬梅。我覺得不對勁，轉身一看，我父親和我母親正站在店門口。而剛好走下來的茉莉見到這種狀況，我看她眼睛閃過一絲慌張，但很快就打起精神，先向我父親跟母親打了招呼，接著走向了我，「培秀姊，如果需要談話的空間，可以先到我們會議室，店我先幫妳顧。」

於是，我們四人就坐在了茉莉公司的會議室裡。丁熒和海若為我們送了些茶水，我對她們說了聲，「謝謝。」她們給了我一個微笑，為我帶上門，我們四個人就這麼面對面的僵持坐著。

然後，我們都沒有人說話。

我實在是有點受不了，深吸了口氣對我父親說：「我還得下樓去顧店，可能沒辦法一直在這裡乾瞪眼。」

我父親有點急了，「我知道，我就是想來看看冬梅好不好。」

「我很好。」我媽說了。

我父親看看我、看看我媽、再看看我母親，有些侷促的說：「其實是美香想來跟大家道歉。」我看著我母親，我看不出她是不是真心想道歉，還是被我父親勸來的。看著我父親和母親，我多害怕，接下來我還得要面對幾次這種尷尬的見面？

血緣到底是什麼？

血緣就是逼我去面對這樣的家庭嗎？我不能選擇自己被誰生下來，但我能不能選擇不過這樣的生活？

「爸，我們各自安好，可以嗎？」

「什麼意思？」

「現在媽也跟你離婚了，我算嫁出去了。我們本來就很難當成家人，不要勉強彼此了，好嗎？」

我母親又氣了，氣得不得了，咬牙切齒的「妳居然叫她媽？那我算什麼？」

「生下我的人。」我說。

「李培秀！妳不要太過分了，如果沒有我，妳今天能好吃好睡？」

「因為妳，我又有幾天好吃好睡？」

「我到底哪裡對不起妳了？我有讓妳為錢煩惱過嗎？妳從小哪樣東西用得比別人差，還有個當老闆的爸爸，到底哪裡讓妳不滿意了？」

「除了沒有煩惱過錢，但我卻要煩惱妳，妳是我最大的隱憂。身為一個母親，處處讓女兒防妳，妳還認為自己沒有錯嗎？」

我母親惡狠狠瞪我，「妳就是被這個女人給洗腦了，才會站在她那邊。」

「妳有沒有用計要魏允揚離開我？妳有沒有用盡心機破壞我的婚姻？」我冷冷回應她。

我父親嚇了一跳，不可思議的看向我母親，「培秀在說什麼？妳真的這麼做？」

我母親用她最厲害的理所當然姿態告訴我父親，「我們的女兒怎麼可以嫁給隨便的男人，談談戀愛我可以睜一隻眼閉一隻眼，真要結婚，我當然不能接受啊。」

我給了我父親一個表情，要他看看你老婆這副德性。我父親無言以對。

「好了，就算妳不說，我也知道妳為什麼會這麼做。對妳來說，我這個女兒不就是妳的一顆棋子，只是我不夠聽話而已。我沒有懷疑過妳愛爸，但除了爸以外，其他人什麼都不是，因為妳想要的，其他人都不能給妳。」

「美香妳真的是……」我父親永遠也只會無奈、懊悔而已。

「爸，我已經當了你三十幾年女兒，從現在開始，我只想當冬梅媽媽的女兒，不只情人可以好聚好散，我希望我們也是。」

我父親的表情，像是世界末日，不知道的人，還真的以為我父親有多愛我們一樣。事實上，他的優柔寡斷和軟弱造成了所有人都痛苦的關鍵，他早就該和我母親斷了，又或者不顧一切決心不和冬梅媽媽結婚。人，不能什麼都想要，什麼都要抓在手上。

「我不懂妳的意思。」他說。

我母親鄭美香很直接幫我解釋了，「她不想當你女兒，聽不懂嗎？她從來就沒有把我們放在她眼裡，是我們太疼她，太放縱她，今天她才敢這麼胡作非為，自以為救了公司了不起嗎？敢用那種條件，要你不准和這女人離婚，她就是不孝，才會被離婚。」

我不想反駁，我母親最會用言語傷人，我已經聽習慣了。卻沒有想到，她罵到一半，就被潑了杯茶。我和我父親愣住，轉過頭才看到冬梅媽媽氣呼呼的，手裡還拿著茶杯，對著我母親大罵，「說夠了沒啊，死八婆，欠人家教訓是不是，不要給妳臉不要臉，以後再對我女兒說這種話，下場就不是一杯茶了，是一桶汽油。」

一定是剛剛樓下那些婆媽教的。我的教育好失敗，我怎麼教我媽要勇敢，都不及婆媽的洗腦。

我母親哭倒在我父親的懷裡，「彥明，帶我回去，我不要在這裡，我討厭她們。」

我偷偷看了冬梅媽媽，她正對我母親翻了個白眼。看到自己母親像個狐狸精的樣子，我很難過。

最後，我母親被司機帶下樓，離去前對我說了一句，「妳不把我當媽，我也不會把妳當我女兒，如果有一天我死了，我什麼東西都不會留給妳。」

都已經到了這個地步，我母親想的，仍是那些身外之物。

「好。」我也不需要，我向來需要的都只有她對我的關懷，可惜，這一點，她永遠也做不到。

她走後，我父親語重心長的說：「別和妳媽計較，她心地不壞的。」

冬梅媽媽先受不了，「可以了沒，你們這些大人，每次把痛苦和壓力加在小孩身上，再來要他們別計較。是你們這些大人在跟她計較不是嗎？為什麼總是要培秀無止境的妥協跟原諒你們？賠上我一個人的青春已經夠了，你到底還想要什麼？」

「我知道是我對不起妳們，但我也對不起美香。為了生培秀，她失血過多，最後還得拿掉子宮，她這輩子也就只能有培秀這個女兒了……」我父親說著說著紅了眼眶。他心疼母親為他受的苦，其他人的苦在他眼中好像微不足道。

「只要能接納，昊天也可以叫她一聲媽，你去問她肯不肯。」冬梅媽媽冷冷丟了一句，「我拜託你別再說話了，你多說一句，我就想從這跳下去。為什麼我過去要這麼愛你，對你死心塌地，你到底憑什麼？我到底是有多無知呀。」

我嘆了口氣，「爸，李家就留給你和母親好好恩愛，你們太適合相愛了，你們的世界也只有彼此的愛。拜託，放過我和我媽，甚至是昊天。我再也不會一定要他回公司工作，你和母親自私了三十幾年，有些後果，還是得你們自己去承擔的。別指望誰該原諒誰，造成那麼多痛苦的人是你，你卻像是置身事外，任由母親去承擔這一切，搞得自己百般無奈。你向來都是有選擇的，只是你仍選擇了這麼做。我不怪你們了，我只想要安安靜靜過日子，你明白嗎？過日子，就是不用三不五時見到你們來找我，要我去原諒誰。你有沒有想過，為什麼你們要對不起我？如果沒有，自然就沒有原諒問題，或許是我們這輩子父女緣薄，我們各自珍重，好嗎。」

我父親沒有說什麼，只是坐在位置上好久，然後才緩緩對我們說了一句，「那妳們保重。」我和冬梅媽媽同時嘆了口氣。冬梅媽媽握住我的手，那塊本來好像要空掉一塊的地方，又被她補了起來。

父親離開。

「媽，我會不會太不孝？」我仍害怕，冬梅媽媽擁抱了我，拍著我的背。「在我心目中，妳是最孝順的孩子。」我回擁著她，無論如何，先好好能孝順一個人再說吧。我不知道以後會怎樣，但至少，目前我們都得先回到平靜的生活，或許以後還會有什麼感悟，誰都不知道。

這個晚上，我們一群人要去慶祝冬梅媽媽恢復單身。

丁熒問著她，「阿姨，妳有沒有特別想去哪裡，我們都可以陪妳去。」

我媽想了很久，才有了頭緒，「我想去夜店。」

昊天差點崩潰，「媽，妳瘋了嗎？」

「沒去過，想去看看。」我媽一臉無辜的說著，好像在說「啊，台南我沒去過，想去看看」的感覺一樣。

可是台南不是夜店。

倒是丁熒開心極了，「有什麼問題，去我二哥店裡啊。」

「可是二哥不是因為靚靚的關係，想把店收起來，改開親子餐廳？」海若說著，丁熒同母異父的二哥之前超風流，後來有了小孩，每天最愛做的事就是曬女兒照片，偶爾會帶孩子來我店裡等丁熒下班，再一起去吃飯。

「下個月吧，所以趁今天，我們去他店裡，把酒都喝光啊，讓他省得搬，不是剛好嗎？」丁熒就是個酒鬼，但我一向喜歡她喝酒的樣子。

一群人正要往夜店去時，就見阿紫奶奶匆匆忙忙回到銀河大樓，又上了二樓，不管多少人喊她，她都好像沒聽到似的。

「反正阿紫奶奶不就是這樣嗎？」茉莉一句話解決了大家的疑惑。

於是我們上了車，我媽坐在我身旁，好奇的看著窗戶外的一景一物，時不時露出微笑。我也看著她，時不時露出微笑，眼角卻瞄到後照鏡裡，昊天正看著我們露出微笑。

生活，不應該就是這麼笑著的嗎？

不用吵，也不用鬧。

但我還是覺得夜店太鬧，我真的受不了那麼吵的環境。只是，我媽卻比誰都還融入，我也不忍心看昊天不時要拉住什麼酒都想倒進嘴裡倒試試滋味的冬梅女士，我只好走出室外，打算在外頭吹吹風。

我就坐在外頭的椅子上，看著車子來來往往，想到了魏允揚的最後一個願望，是要我對何正一再開一次口。可是我真的做不到，還是跟允揚打個商量，不如讓我出家，我可能還會覺得鬆一口氣。

我口裡試著唸，我愛你，我愛你，何正一，我愛你。

突然有個人倒在我的身上，我嚇得差點尖叫。想推開的同時，我看到了那個人的臉，居然是劉以晴？她喝得爛醉，然後下一秒吐在我身上。我頓時天崩地裂，無言以對。

現在是沒喝的人比較倒楣的意思嗎？

我的裙子上一陣滾燙，幸好，昊天上來向我求救，因為林冬梅小姐喝醉了，跟我眼前這個女人一樣。他看到我狼狽的樣子傻眼，我看著他。也只能無力的扯著笑。

他馬上幫我撥了幾通電話給何正一，但沒有接通。「不然把她放在這裡就好了？」

我看著他，「你認真的？」認真這麼沒良心？

他只能低頭不說話，又突然想起，「我們可以把她送回飯店？」於是我們分工合作，昊天跟茉莉帶媽回家，我坐著計程車，帶著前夫的未婚妻，還有她的嘔吐物，回她住的飯店。

幸好我知道她的名字，飯店的人幫我扶她進房，還貼心的為我送上一套乾淨的衣服。「謝謝妳。」我感謝眼前這位氣質美女，「那我之後要怎麼還妳？」

她笑笑對我說：「如果有機會經過我們飯店，妳再拿給我就好，要是我不在，就請她們轉交白明怡經理。」

「謝謝妳，白經理。」

「不客氣，我在櫃台，有什麼需要，請撥給我。」她說完，優雅離開。

於是我快速的在浴室裡換上乾淨的衣服，才換到一半，劉以晴又衝了進來，抱著馬桶大吐特吐，然後大哭特哭起來。我真的一陣慌，這時，我聽到她的手機鈴聲，趕緊跑出去浴室，我一定要找個替死鬼來，好從這地獄逃出去。我拿起手機，看到來電顯示何正一。

我心一冷，不知道該不該接。鈴聲停了，但又馬上響起，我鼓起勇氣按下通話，他柔聲喊著，「以晴，妳在哪？」以晴？好的，以晴？很好，以晴？我聽他叫我培秀的次數都不到十次。

我深吸了口氣，「在飯店。」

他一愣，「培秀？」好了，加上這次應該有十次了。

「妳怎麼會在那裡？」我在兩段感情中，這是我第一次，感到妒嫉。

「我也很想知道你的未婚妻為什麼會在酒吧喝個爛醉，然後跌在我身上，還吐得我滿身都是。」

「我馬上過去，妳等我一下。」他說完，就掛了電話。

為什麼要我等他一下？我等他要幹嘛？我沒有打算等他，要是親眼看他照顧他的未婚妻，我會很生氣，我怕自己不理性。於是，我正轉身要走，卻聽到劉以晴在廁所大叫，我趕緊再跑了進去，她大小姐沒事去開什麼蓮蓬頭，噴得整個浴室都是水，我剛換上的衣服也濕了大半。

「我想喝水。」她醉醺醺的說著。

我深吸了口氣，把她扶回床上，讓她好好喝了口水，再好心幫她換了衣服，不管她再怎麼哭鬧，我都決定直接把她丟著。我迅速離開，至少在飯店她很安全。我等在電梯前，覺得有點冷，才發現飯店經理借我的白色洋裝有點透明。但也沒辦法了，我只能抱胸，儘量讓自己的蕾絲內衣不那麼明顯。

電梯門一開，我直衝著要進去，竟撞上了何正一。

我們對看，「妳去哪？」

「回家。」

他看著我，再看著我的衣服，脫掉他的外套，對我說：「穿上。」

「不要。」我說。他沒有理會我的拒絕，把外套直接套到我身上。我不知道自己在氣什麼，就是生氣。

我繞過他，走進電梯，死命的按關門鍵。他在電梯門要關上的前一刻閃了進來，我沒好氣的看著他，「你走錯邊了，你未婚妻在那邊。」

「我送妳回去。」

「不用，我自己叫車。」

他沒理我，到了一樓，電梯門一開，他就拉著我的手走了出去。我甩開，他又抓住，而且是緊抓著，拉著我走出了飯店大門，往停車場走去。我有點不高興的說：「你不覺得你現在應該是去照顧劉小姐嗎？」

「哪有什麼應不應該。」

我被他塞進副駕駛座，他上了車，發動油門。我們先是一句話不說，後來，他在停紅綠燈時，問了我一句，「妳為什麼去喝酒？」

「不是我去喝，是我媽。」我說。

「夫人？」他直覺我說的媽就是冬梅媽媽，「媽怎麼可能會喝酒？」他很疑惑。

「她為什麼不能喝酒？」

「妳又不是不知道她身子不好，妳怎麼還帶她去喝酒，那媽呢？」

「昊天送她回去了。」

「爸看到一定會擔心。」他看著我，像是我不懂事的樣子。

我討厭他的女婿語氣，更討厭他還像是我先生一樣叨唸我的不是。說到底，我們根本早就沒有關係，「他看不到，媽現在住在我家。而你，我們已經離婚很多年了，他們不是你的爸也不是你的媽。」我不客氣的說著。

他卻頂了嘴，笑笑說著，「我把他們當爸媽，他們就是我爸媽。」

「隨便你。」我只想快點回家。

「媽為什麼去住妳那裡？」

「你不覺得你問太多了嗎？」

「關心爸媽，多問一點不是應該的嗎？」

我吸了口氣，「她和我爸離婚了。」

他馬上停在路邊。我好想問他，那時他決定要跟我離婚，有這麼激動嗎？還是一點也不在意，在公司批公文開股東大會？「怎麼會這樣？媽還好嗎？」

「她很好。」你為什麼不關心被你休掉的我好不好。

我真的是越想越氣，把外套丟給他，直接下了車。他也下車追了上來，「妳幹嘛？」我沒理他，還是一直走著。他直接一個跨步站到我面前，也不高興了，難得聽到他大聲，「妳今天怎麼那麼奇怪？妳是不是怪我害魏允揚受傷？」

「害他受傷的人是我，是我堅持要把股份給昊天，才讓我母親發瘋。你有什麼錯，人家可是會稱讚妳對前妻多好呢。」我這語氣真的是酸到我自己都不敢領教。

「妳和魏允揚在一起不順利嗎？」他居然這麼問我。

「你關心你自己就好了。」莫名其妙。

我氣得想哭，連解釋都不想解釋。他看我臭臉，也拉下了臉，「先回去再說。」他又把我拉上車。這次我們什麼話都沒說，就直接回到我家門口。我以為他會離開，沒想到卻跟著我上樓。

我才剛要問他想幹嘛，他就說：「我先探望一下媽。」然後比我還要熟門熟路的上了頂樓，我真的再一次莫名其妙。我拿鑰匙打開門，他走了進去，我以為媽喝醉了可能在睡，卻沒有想到她居然跟昊天在吃泡麵。

一見何正一來，她開心得不得了，拉著何正一就往旁邊坐，「你怎麼知道我在這？小秀都跟你說啦？」何正一點了點頭，然後我媽熱情的問著他，「要不要來一碗？」我以為昊天會不高興，直接把麵倒在他頭上，但昊天沒有，只是表情有點尷尬的幫他盛了一碗，三個人一起吃著。明明我才是這個家的主人。

我負氣的去洗澡，好好整理完自己，走出浴室門時，何正一已經離開了。我媽也可能因為吃太飽，直接睡著了。然後我很不客氣的走到正在整理桌面的昊天面前質問：「你怎麼有胃口跟何王八一起吃泡麵？」

昊天像失去記憶一樣，「姊，妳這樣罵人好嗎？」

我頓時以為自己是不是少過了哪幾天的日子，為什麼大家的轉變我都沒有發現？

「你怎麼又站在他那邊了？」他馬上轉移話題，「對了，爸要我搬來跟你們一起住，我問了幾間不錯的公寓，我再發給妳看。」

「怎麼那麼突然？」

「可能是想通了什麼吧。他下午回來，說去找過妳，然後跟我談了一下。說我若是對公司的事沒有興趣，可以去做自己喜歡的工作，又要我好好照顧妳跟媽，他最大的責任，就是顧好阿姨，各自生活。」

「你呢，你有什麼想法？」我問。

「我當然想跟妳們一起住啊，不過，公司的事我想再努力看看，畢竟是爸的心血，裡面還有妳的青春。更何況，我對公司也有了一點感情，先試試吧，真的不適合再說。」

我沒再多說，要他早點回去，然後一個人坐在天台，又坐了一晚。也就是因為坐了這麼一晚，想何止一想太久，我就感冒了。這幾年來，一直身體健康萬事如意的我，居然生病了。

心理，真的會影響生理。

我一連發燒好幾天，當我真的清醒，知道自己在哪裡、在幹嘛的時候，已經是四天過後了。將沒電的手機充電，一打開，就見魏允揚傳來的簡訊，說了兩個字，再見。

我打給阿美姨，問了她狀況，她說魏允揚的狀況很好，要我不用擔心。

我請阿美姨明天開始跟在媽身旁照顧她，因為有個人一直在我耳邊吱吱喳喳狂說，妳都不知道媽有多過分，早上還自己跑去市場，買了三隻雞要幫妳燉雞湯，這裡差點就燒了。妳生病，大家忙著照顧妳，媽就是越幫越忙，昨天還喊著要去幫妳開店！我不管，妳馬上叫阿美姨來監視她，全世界現在我就只信得過阿美姨的耐心！找別人來，肯定氣得想把媽給掐死。

「阿美姨，那就麻煩妳了，明天開始上班。」

阿美姨開心得不得了，相信她也是很愛我媽的，「麻煩什麼，只是跟著夫人，根本算不上工作。我明天一定早點來，謝謝妳。」

我都掛掉電話了，昊天還在我耳旁唸，「媽不是應該更年期嗎？她現在根本就是叛逆期，要不是茉莉跟丁熒硬說妳喜歡吃臭豆腐，想帶她去逛夜市順便買，她才肯去，她肯定又在這裡沒事找事做。」

我就這麼聽著昊天碎唸，等到了丁熒和茉莉帶媽回來，家裡又吵成了一片。再這麼下去，我這幾坪大的房間，就要吵到拆了。昊天要回家前，我要昊天快點決定要住哪，我們得趕緊搬過去，再多留間房給阿美姨。她有時住小兒子那，有時住大兒子那，我們有家了，阿美姨就能一起，而最開心的，就是媽了。

雖然那個家裡沒有我的親生父母，但有快樂，那才是最足夠的。

放了四天假，我一大早就被媽纏著要陪我去開店，她比我還要想上班。最好笑的是，她請茉莉幫她做了塊工讀生的名牌，買了條新圍裙，說要當我的工讀生，她想學著煮咖啡，當老闆娘。於是我就教著她，阿美姨也趕來店裡陪著她學。我媽和阿美姨學的速度比我想像的還要快。

才第一天，她們就記好了所有咖啡品項和定價，最重要的是替我招呼了好多客人。那些婆媽以前最愛的是我，現在最愛的是我媽，拉著她就說個沒完。我媽也開心的聽，難過的為別人掉眼淚。看她現在真的在過生活，我覺得放心。

「我要一杯拿鐵。」有人在吧台對我喊了聲。我轉頭，見到了劉以晴。這個人會出現在我面前，真的是太莫名其妙了。

我點點頭，把她當客人。她一屁股坐到吧台前，然後對我說：「聽正一說，那天是妳送我回飯店的？」我抬頭看她，心想著他們感情真好啊，什麼事都能互相說，連我這個前妻的身分也不忌諱。也是，都是幾年前的事了，我還有什麼威脅。

「嗯。」我回。

「謝啦。」她豪爽說著。

我把做好的拿鐵遞給她，她接過喝著，沒再多說什麼，就是盯著我看，一直盯著，看得我全身不舒服。我磨豆，她看；我洗杯子，她看；我洗濾網，她看。我做什麼她都看。我直接放下咖啡壺，抬頭看她，笑笑對她說：「還有什麼事嗎？」

她看了眼手錶，笑著說：「強，忍了半小時呢。」

我嘆了口氣，走出吧台，坐到她旁邊，「我可以再給妳半小時，妳有事可以說，但如果半小時過了，妳還是只盯著我看，我只好請妳出去了。」

「開門做生意，還怕客人進來？」

「那也得看是好客人或……」

她突然大笑，笑得前俯後仰，店裡的客人全看著她，以為在看瘋子。我卻覺得她好像以前的我，那個拿瘋癲來保護自己的我。「妳幾歲了？」我問。

她突然停笑，有點警戒的看著我，「問這個幹嘛？」

「好奇。」

她冷冷回了一句，「二十六。」我驚訝看著她，我也是這年紀嫁給何正一的。她說完，便訕訕喝著咖啡，我也真的坐在她旁邊整整半個小時，看著手錶，然後說：「欸，時間到了。」我從吧台椅下來，她突然拉住了我。

「還有什麼事？」我才剛問完，就有一隻手把她的手從我的身上拿開。我抬頭，看到了何正一，他正看著劉以晴，然後說了一句，「以晴，妳怎麼會在這裡？」

下一秒，劉以晴頓時燦笑，勾起何正一的手，笑說：「我來謝謝她啊。」

「那天不是說我再跟妳一起來嗎？」何正一聲音冷冷的，大概自己也覺得過去的前任，和即將上任的現任見面，是一件很荒唐的事吧。

「有什麼關係，反正我剛好順路。倒是你，不是說早上都要開會，怎麼來這裡了？你特別來找李小姐有什麼事嗎？」劉以晴這麼一問，反而是何正一反應心虛的樣子，不敢看劉以晴，更不敢看我。

為什麼？這讓我有點不懂。但我何必去管人家的事？我沒理他們，轉身走進吧台，接著劉以晴搖著何正一的手說：「怎麼了？還是我不方便在這裡？因為你們有什麼悄悄話要說嗎？」

何正一不語，我聽著劉以晴的聲音，感覺她刻意挑釁。她笑了笑，對何正一說：

「你們想再續前緣嗎？我是可以馬上離開的喔，我是不喜歡留著不屬於我的東西。」

何正一表情難看，拉走了她。

我站在吧台，覺得無辜，撞見了一場鬧劇。

第十章　我愛你。結婚戒指。

何正一跟劉以晴剛走，阿紫奶奶便衝了下來。

「李培秀。」她從門口就大喊著，喊了好多聲，也喊得好大聲。店裡的人抬頭看我，我也看著她。

她慌慌張張跑了進來，開口就問：「妳是李培秀？」很不可思議似的。

我不是，還有誰是？

「阿紫奶奶，妳怎麼了？」她這樣讓我很害怕好嗎？我們可是認識了六年多，一直到現在，她怎麼還問我是誰。

「妳改過名？」她崩潰。

我更害怕了，「嗯。」

「所以妳以前不是李培秀？」她又問。我不知道該怎麼解釋，還在想的時候，阿紫奶奶就吼了，「快點說啊！」她這麼急，我也急了，不知道自己在說些什麼，「我以前也是李培秀，只是培字上面有草字頭，後來我就自己對外改成了沒有草字的培，身分證是上星期去換的。」

阿紫奶奶向後踉蹌了幾步，非常戲劇化。

「所以我們認識的時候，妳叫李蓓秀，不是李培秀。」她震驚不已。如果只聽她說話，大家真的是迷迷糊糊，兩個字唸起來都一樣，好像在繞口令似的。

「嗯。」我點了點頭。

阿紫奶奶突然哭了，任性的搶了某個阿姨客人的位置，趴在桌上哭了起來。這是我第一次看到她這麼失控，雖然平常是行為失控，但這次是情緒失控。這可是大事，客人大多都嚇跑了，大概怕瘋癲的阿紫奶奶等下不知道會幹出什麼事來，老實說，我也怕。

我只好打電話上去三樓，丁熒、海若跟茉莉也趕緊下來。

她們見阿紫奶奶哭得跟失戀似的，沒人敢上前去，都不知道阿紫奶奶一下步會怎麼做。丁熒膽子比較大，過去伸手戳戳阿紫奶奶，「阿紫奶奶，妳幹嘛啊，客人都被妳給嚇跑了。妳要不要到三樓去哭，四樓也行，魏哥都搬走了，空著的，妳愛哭多大聲就多大聲。」

搬走了？這麼快，魏允揚真的很想斷開和我的聯繫啊，我笑了笑，發自內心。無論他搬到了哪裡，無論他什麼時候回英國，我希望他快樂。但我無法祝福他太久，畢竟，阿紫奶奶還在哭。

丁熒沒效，海若正要上場，阿紫奶奶抬起頭來，哭著吼，「妳們懂什麼？妳們不懂！我和我老公該怎麼辦啊，搞錯了啦！」

「到底是什麼搞錯了？妳要說啊。」茉莉也擔心問著。

阿紫奶奶哭著指向我，「都她害的啦！」全部的人都看向我，連我自己都想看向我自己。到底是發生了什麼事？跟我有什麼關係啊？我有點委屈，「阿紫奶奶，妳可以講清楚嗎？」

「我要找李培養秀，不是李蓓蕾秀，妳幹嘛假裝李培養秀啦，名字都弄錯了。」阿紫奶奶哭得更傷心了。

我真的是無言以對，「我為什麼要假裝，我就想叫李培養秀不行嗎？」

阿紫奶奶氣得衝著我喊，「就是不行啊！」

塗。

「哪裡不行？」

「因為名冊上寫的就是李培養秀，妳是李蓓蕾秀，就不是我要找的人。我時間都不多了，結果還把要找的人搞錯，我要怎麼辦啊！我怎麼回天上啊？死定了啦，不知道又要被罰多久不能見到老公。」阿紫奶奶很火大，「妳沒事幹嘛亂改名字啦，真的李培養秀人到底在哪啦？我要幫她找真命天子啊！」阿紫奶奶越說越無助，所有人是越聽越糊塗。

我有點生氣的說：「所以妳遇到我的時候，是以為我是李培養秀，才願意出手幫我的嗎？妳不是真的想對我好嗎？」

阿紫奶奶頓時詞窮，收起脾氣回我，「不是那個意思，妳這麼得我緣，我當然肯定得幫，但我也得找到真正的李培養秀啊。」

一堆人不知道我跟阿紫奶奶在說什麼。海若走到我身旁，害怕說著，「培秀姊，妳和阿紫奶奶到底在講什麼？我們都聽不懂啊。」其實我也不懂，可是書上不是都說，當有人情緒激動時，要先順著她嗎？我也只能順著阿紫奶奶的話說啊。

「對啊，什麼名冊，什麼真的假的李培秀。」茉莉也慌了。我聳了聳肩，這狀況我自己也看不明白。

丁熒直接對阿紫奶奶說：「阿紫奶奶，我現在帶妳去看醫生。」

阿紫奶奶哭著，「我好的很，看什麼醫生。」

我無奈，不知道阿紫奶奶到底在搞什麼，她的某部分精神狀況真的很有問題，「可是我覺得妳不好，妳不要再說什麼名冊的事了。」

「就跟妳講真的，妳們都不信我。妳們自己看，丁熒、海若和茉莉的真命天子都找到了，這就是真的嘛。」她們三人一臉狀況外，我用眼神向她們示意，搖搖頭，要她們別太在意阿紫奶奶說的話。大家也只能點點頭，不再多說，畢竟阿紫奶奶一向就是這麼失控。

「那現在怎麼辦？妳找不到真正的李培養秀了。」我說。

阿紫奶奶吸吸鼻子，「只能先回天上去請罪了，妳們讓我一個人靜靜。」阿紫奶奶就這麼又走了出去。我們四個人面面相覷，連續兩場鬧劇，老天爺能不能可憐可憐我？

「阿紫奶奶最近真的很情緒化耶。」丁熒沒好氣的說。

我們同時嘆了一大口氣，又同時笑了出來。我媽走向我們，也一臉害怕的說：「那個奶奶怎麼那麼可怕啊，一下生氣，一下哭的，我都不敢過來了，」

我們同時聳了聳肩。「阿姨，習慣就好。」海若說著。但我媽表情明顯無法習慣。

這我也是好奇，比起可怕，誰贏得過鄭美香，她們可是同住了十幾年，我媽看阿紫奶奶，應該覺得小意思才對。

鬧劇過後，她們三人又回樓上工作。我媽突然跟我說：「那個陳媽媽說等等要去上瑜珈課，我想一起去。」

我一愣，「不好吧！妳和陳媽媽熟嗎？」

「熟啊，我們都聊半小時了。」

「媽，雖然來這裡的客人大多都是認識的，大家在這裡聊聊天很好，但私下要出去的話，我有點擔心。」

「我都幾歲了，有什麼好擔心？」

「那跟幾歲沒有關係，妳那麼單純，被騙了怎麼辦？」

「我怎麼可能被騙，妳就是不相信我對不對！」

天啊，這是什麼媽媽跟女兒的對話？只是角色對調了，我是媽，冬梅是女兒。見我們僵持不下，阿美姨來了，「李小姐，妳別擔心，我會陪夫人一起去的。」

我媽轉頭對阿美姨說：「我單身了，別再叫我夫人，叫我冬梅姊。」

「對，阿美姨，妳也叫我培秀就好。」我說，阿美姨點頭，我突然覺得自己過度保護了。「好，妳去，自己要小心注意，有什麼事隨時跟我聯絡。」我說。

我媽一副我大驚小怪的碎唸著，「不就練個瑜珈。」好好好，我媽大了，我管不動了，只能目送著她跟阿美姨兩人開開心心的出門，我就像個操心的媽媽，看著她們走向公車站。

風水輪流轉，所以身為人家子女的時候，千萬不能太囂張。

我嘆了口氣，回到咖啡店裡，只剩下客人跟我，頓時安靜了好多。我突然覺得有點不適應，接著我就笑了，明明媽來店裡才幾次，我怎麼會已經想念那種吵鬧的感覺，是因為太幸福了嗎？

我趁著這時開始調配新的咖啡豆，試過一杯又一杯的咖啡。直到收到阿美姨的來電，告訴我，她們一群女人要去吃韓國烤肉喝燒酒。我差點就要飛奔過去，超怕我媽又喝醉。幸好阿美姨馬上補了一句，冬梅姊說她絕對不會喝，上次喝完宿醉自己都嚇到了，所以她只會吃烤肉。我讓阿美姨把電話給我媽，但我媽就是不肯聽，一定是心虛。

我馬上打給昊天，向他告狀，結果他居然說：「不要擔心，一直緊抓著媽不放，她反而不能長大。」

我……好吧，那我也要去叛逆。

等客人都離開，我也收了店，打算自己一個人去晃晃。但是當店門拉下來那一刻，我頓時覺得無處可去，突然有點忘了，昊天找到我之前，我那六年獨居，獨自生活的日子是怎麼過的？

怎麼會這樣？我苦笑。

坐上公車，我收到魏允揚的簡訊，「我要回英國了，記得最後一件事，祝好。」我看著簡訊，可以想像到他打這些字的表情，一定在偷笑，一定想我的表情會有多臭。可惡的魏允揚，請你也一定要過得好。

他開心了，可以回去了，我卻開始心煩意亂。

我下意識下了車，走了一陣子才發現下錯站。本來打算要去書店，現在卻不知不覺走到那棟鑽石級的公寓前。我抬頭往上看，屬於何正一的那一層燈沒有亮，他不在裡面，又或許他已經離開。我心裡其實一直在倒數，我沒忘記昊天說他只回來兩個星期，這一兩天就是他該回香港的時候。

突然，我聽到一旁停車場出入口傳來的警示聲，我急忙閃到一旁，然後看到何正一的車。他開著車，一旁坐著劉以晴，車開得很快，我只能看到他們的身影，卻看不到他們的表情。

應該是開心的吧。

我轉身往反方向離開。我想，魏允揚說的那件事，我這輩子永遠做不到了吧。然後，我決定去一個地方。

我就這麼走著，走了快要一個小時，來到那個我向何正一告白，不，向魏允揚告白，不，也不能這麼說，反正就是告白錯對象的噴水池。我在這裡說了那一句我愛你，好不容易趁酒醉說出來的那句我愛你。

坐到相同的位置，光是想，都覺得自己蠢。

我拿出一直藏在衣服下的項鍊，拿下結婚戒指。六年前拿起來之後，我就再也沒戴回去過了，現在更沒有戴的理由。即便，我多希望這個戒指還能再次回到我的手上。

但，應該沒有機會了。

「妳在這裡幹嘛？」何正一的聲音突然傳來。我嚇了一跳，手裡的結婚戒指，就這麼飛了出去，它掉進去水池裡。因為太小，太沒有重量，連跌進去水裡的聲音都沒有。

那一瞬間，我哭了出來，因為不捨。我從他那裡拿到的東西，就只有那個戒指而已。

他走到了我的面前，看到我在哭，也慌了，「怎麼了？發生什麼事了？」我抬頭看著他，眼淚掉得更兇。我要怎麼跟他說，我的結婚戒指掉進去了，還是我的前夫害我弄掉的。我現在只想把他抓起來毒打一頓，餵他喝水銀，挑他手腳筋。他伸手拉著我，「妳到底怎麼了？」我聞到他身上有過濃的酒味

我氣得甩開他的手，好想把他按進水底，要他把我的戒指給我找出來。但我忍住了，轉身要離開，他卻在我身後，語氣很差的說了一句，「這麼捨不得，不會跟他一起回英國嗎？」

我回過頭，眼淚模糊了他的臉。我不知道他在不高興什麼，還有那句話是什麼意思。「我不知道你在說什麼，我要跟誰回英國？」

「就跟他啊！」

「他是誰啊？」

「魏允揚！」後這句喊得超大聲，好像以為我耳聾一樣。

「我為什麼要跟他回英國？」不懂。

「因為妳愛他。」他說得楚楚可憐，那表情好像是我劈腿一樣。

「我是愛過他。」我說。

他表情有點震驚的看著我，接著咬牙切齒對我說：「妳看吧，妳就是愛他，這麼多

年了，妳還是愛他！」

我真的完全聽不懂他在說什麼，而且我也不想跟一個喝醉的人說太多，「你喝醉了，很難溝通，沒事我先走了。」我說。

我打算去買釣魚竿和魚網，半夜來撈我的戒指。

但何正一突然朝我喊著，「我就是喝醉了，才有辦法再來這裡第二次，才能站在這裡跟妳好好說話。我知道我不會談戀愛，我也不知道怎麼去愛人，可是妳就在我的心裡，一天一天更重要，可是妳卻在這裡跟別的男人告白。他為什麼那麼幸福……可以讓妳愛這麼久，為什麼我不行，為什麼……。」他哭喪著臉。

我嚇了一跳，我以為他永遠就是那一號表情，結婚時，他冷冷的；公公過世，他也是冷冷的。連後來對我，也是這麼冷冷的。難得哭喪著臉，竟然萌點滿滿，我心跳加速，但我只想問：「你說你聽到我跟別的男人告白？」

「對！妳還這樣……」他學著那一年的我，把頭靠在了我肩上，學著我說了那一句，「可是我愛你。」這麼近，我的心又跳得飛快。「妳就是這樣靠在魏允揚的肩膀。早知道我就不要來找妳，我就不會聽到，我就不會想要成全你們。」

好的，謎底解開了。

我們都被愛情耍了一次，還耍了六年。

我摀著臉大哭特哭，把這幾年的孤單寂寞全都哭了出來。花了那麼多的力氣，把何正一壓在了我的最心底，現在才發現一切都是白費，我根本可以不用這麼做，如果我那時候勇敢一點，再對他說一次，我愛你。

我們是不是就能相愛相依？

我很想生他的氣，但我不能，因為我也有錯。我們都太不勇敢了，所以才陰錯陽差的失去了彼此。我的心好沉重，我的肩膀也是。何正一的頭好重，我有點承受不了，我氣自己也氣他，伸手把他推開，才發現他放完火就開始打瞌睡，搖搖晃晃。

我瞬間收起了我的感動，一把推開他，他就倒下了。

我剛才應該讓他倒進噴水池裡的。

我看著躺在地上的他，雖然很想從他身上踩過去，還是捨不得。這應該就是真愛了吧？我盤坐在他面前，看著他睡著的臉，伸手摸著他有點燙的臉，然後用力一捏，他皺了眉。我笑了出來，再捏、再打、再摸，這是我和他最靠近的時刻。

「小姐，需要幫忙嗎？」有道聲音在我頭上響起，我回頭就見服務生用著一種很奇怪的眼神看著我和地上的何正一。他的表情，像是何正一沒有了呼吸一樣，然後凶手是似的我。

我馬上回答，「需要，他喝醉了。」我不想被抓去關。

服務生非常親切的為我們叫了車。我帶他回家，那個鑽石級的家。

他的臉是通行證，我進得了大門，但我們進不了他的家門。我扶著他，瞪著密碼鎖，我不知道該怎麼辦。

「你家密碼多少？」我問著。他咕噥了一聲，然後我再問他了一次，他還是咕噥一聲。我有點火，因為我快被他壓死，我狠狠捏了他一下，「你家密碼！」他只說著，「〇六……」又快倒了。

〇六開頭，是他的生日嗎？不是，他的生日是一月分，也不是我的生日。我想到這裡，忍不住笑了，難道他會用我的生日，我是不是自作多情了。難道是他爸媽的生日？那我怎麼會知道？突然，有一道數字從我腦中閃過。

我按了，〇六二五，門居然開了，我眼眶也紅了。

那是我們結婚的那一天。

我把他丟到床上，幫他脫掉衣服，讓他好睡一點。身為他的五年髮妻，這是我第一次這麼像一個太太。他突然大喊了一句，「李培秀！」我嚇了一跳，然後他又睡死。

我氣得抓了下他的頭髮，他叫了一聲，我心情才爽快一點，但下一秒，我給了他一個吻。畢竟，他連睡著都喊了我的名字，很值得鼓勵。我深吸了口氣，為他蓋上被子，然後轉身離去。

不急。

因為，我的前夫，很快就會變成我的男朋友。但在這之前，我必須讓他很清醒的跟我說一次我愛妳，重點是，我還得先去解決兩件事。

我帶著微笑，離開何正一家。

處理完第一件事，我狼狽的回到家，已經是凌晨三點半。悄聲洗了個澡，整理一下自己，帶一些簡單的行李，留了張字條給我媽，然後把我的手機關機後留在家。離開家的時候，已經早上五點多。

我直接到劉以晴住的飯店，我沒忘記將上次借的洋裝還給那位美麗的白經理。剛好她也值班，見我這個時間點出現，再望了眼我的手提行李。她眼神閃過好奇，但沒有多問。

「我想找劉小姐，可以在大廳等一下嗎？」畢竟才早上六點。

她笑笑點了點頭，「當然沒有問題，如果妳需要休息，不介意的話，可以到員工休息室，那裡沙發比較好躺。」

我很感激的搖了搖頭，坐到大廳的一角。沒多久，白經理為我送上一份早餐還有一杯加啡。我愣著，她沒有說什麼，給了我一個微笑後離開。本來不覺得餓的我，一聞到咖啡香就餓了。

我很快解決了那個三明治和咖啡，然後我等著等著就睡著了。再次醒來，是白經理來喊我，「李小姐、李小姐。」

我緩緩醒了過來，她笑笑對我說：「剛才劉小姐叫了 room service。」我醒來，看著白經理再帶著微笑離去，我身上還有了毯子。我感謝她的溫暖，她當作沒看到，讓我自己上了樓。

然後，我按了劉以晴的門鈴。

她來開門，原以為我會是飯店人員，發現是我，有點意外，但又不像太意外。閃了一個身，讓我走進房間。

「隨便坐。」她說的時候，我已經坐下了。我看著她滿房間的空酒瓶，再看著滿房間的雜物，看起來像是住了很久。我忍不住問：「妳為什麼住在這裡？」

「為什麼不能住在這裡？」她的臉很像我二十六歲時的臉。

「妳爸在台北的房子還會少嗎？」我說。

「那是他的房子，干我什麼事？」她回。

「那妳住飯店，用的不是他的錢？」我再說。

她頓時氣得漲紅了臉，「妳今天是來跟我說教的嗎？」

「不是。」

「妳到底來幹嘛？」

「來告訴妳，我要跟何正一復合。」我說。

她看著我大笑，一直笑一直笑，然後說：「可是我們會結婚。」

「妳愛他嗎？」我問。

「不愛，但我還是會嫁給他。」她簡直就是翻版的我。

「那我會去搶婚。」我說真的，我已經錯過太久了。

「妳確定他會跟妳走？」她好嗆。

「會。」只要我說我愛他，他會跟我走。

「拋棄那麼大的合作案，然後跟妳走嗎？妳這麼有信心？妳對人性這麼樂觀？」她真漂亮，皮膚也好好。我懷念起我的二十六歲，看著劉以晴，我覺得她和那時候的我應該都要過得更好。

我笑了笑，「是沒那麼有信心，但我可以去從妳手機的聯絡人清單裡，找到妳男朋友聯手，我搶何正一，他搶妳。」

她表情頓時變僵，「妳怎麼可以偷看我的手機？」

「我光明正大的看。」那天她喝醉，我幫她接了電話，不小心看到她和某個男生親密的合照，我以為只是一段感情的過去，但我剛才問她愛不愛何正一，她說不愛，我只好猜測，那個男生可能是她的男朋友。就這麼被我矇到了，我還滿幸運的。

「妳愛他？」

「我愛他有什麼用？我爸一阻止，他人就跑了，這種男人我不屑要。」她冷冷的說。於是我花了三分鐘簡單帶過我和魏允揚的故事。她不耐煩，「妳到底要說什麼？」

「我只是想說，如果那時我知道我媽這麼做，我會二話不說買機票飛去找他，然後再也不回來了。」我會保護他，也保護我們的愛情，即便最後不如所願，至少盡心盡力過，沒什麼好後悔。

「妳敢？」

「為什麼不敢？」

「那妳就沒有機會和老何結婚了。」她笑著說。

「老何？」我不是很滿意她這麼叫他，雖然他們的確差了很多歲。

「他是我乾哥，不能叫他老何嗎？」乾哥？這又是怎麼一回事？

她看我發愣的樣子，笑著說：「昨天下午老何就向我爸拒絕了聯姻的事。」我有點意外。「我也知道他放不下妳，但他就是死不說。我故意去找妳，就是想逼他，也逼妳，沒想到還真的逼到了。」

「我們從妳店裡離開，他就向我道歉了，說他不能娶我。我差點沒有開心死，我這麼年輕，幹嘛嫁一個老男人啊。老也就算了，重點是他無聊死了，每次見面就是吃飯喝咖啡，看到妳出現，才故意笑一下，我白眼都要翻到後腦了。怎麼會有這麼幼稚的人？他如果沒反應，我還不覺得怎樣，在妳面前故意假裝自己很好，不就是證明他還沒放下妳嗎？活該他離婚後單身這麼久，我看全世界也就只有妳會喜歡他……」她越講越多。

我清了清喉嚨，「可以不要在我面前批評我先生嗎？」

「是前夫。」她說。

「很快就不是過去式了。」我回。

然後我們同時笑了出來。我起身，反正該嗆的都嗆完了。可以走人了，她一驚，「妳要走了？」

我點點頭，「不然呢？妳已經不是威脅啦。」

她瞪了我一眼，「妳可以不要這麼現實嗎？」

「我們這種身分，現實才是最重要的。」我笑了笑離開。在關上門前，我告訴她，「住在這裡，就永遠不知道什麼叫現實，如果想要自由，首先，妳得知道什麼叫自由。」

我走了，帶著我的行李，去環島了一圈。

因為這是我最後的單身生活。

這中間，我只打過一次電話回去。本來想找我媽，結果被李昊天搶走了電話，先是罵了我一串難聽的話，接著就說：「何正一找妳找到快瘋了，他才剛從咖啡店走而已。他每天都來公司煩我，連我跟茉莉約會都要跟。妳馬上給我回來喔，妳自己面對喔。我真的快被妳氣死了，妳都幾歲了，還要我這樣擔心？媽跟妳一樣胡鬧，還叫我別找妳，妳們可不可以讓我省心一點？」

沒聽他說完，我就掛掉電話了。

只要知道何正一也在找我，那就夠了。只要知道我媽很放心我，那就夠了。於是我又玩了一個星期才回家。

但我是回去了何正一的那個家。離開兩個星期，我已經很想念他，在進去之前，我在便利商店外打了電話給昊天，說我要回家了。在他要再開罵之前，我就掛掉電話然後，我自己進了何正一的家門，煮了我第一次做給他吃的晚餐。接著，好好整理了一下那個家，我才發現，他的書桌抽屜裡，有一張我們的合成結婚照。

我笑笑關上抽屜，坐在餐桌前等他。

我看了下時間，應該再五分鐘他就會到了，但我在三分四十秒的時候，聽到了密碼鎖的按鍵聲，見他慌慌張張走了進來，發現我就坐在餐桌前，他愣住了，我對他笑了笑，「嗨。」

他愣在原地，表情像是一下生氣、一下感動，又一下感傷，再一下不爽。我真的不知道他的臉可以這麼千變萬化，看到他一直站著不動，我想應該是我失策了，他其實沒有我想像中的那麼愛我。

我緩緩起身，拿了我的包包說：「我以為看到我你會很高興，應該是我想錯了。」我往門口走，在我經過他的時候，他從身後抱住了我，然後對我說了那一句。

「我愛妳。」

我頓時紅了眼眶，這句話，真的是等了太久。

「我愛妳，我真的愛妳。」他像是怕我不相信一樣，一次又一次說著，說到我聽得都不好意思的時候，我轉身，見他滿臉是淚，我伸手抱住他，他也緊緊擁抱了我。

「魏允揚打給你了嗎？」我問，他在我的肩上狂點頭。

那天我從劉以晴飯店離開後，就向美麗的白經理借了電腦，發了封 mail 給魏允揚，上面我只寫了「幫我」兩個字。我知道他會打電話給何正一，把噴水池告白的事，好好說明一次，因為我覺得，我解釋，不如允揚解釋來得清楚。

「你有沒有覺得自己很對不起我？」我問，他在我的肩上狂點頭。「你還要跟別的女人結婚，你有沒有覺得自己很對不起我？」我問，他又在我的肩上狂點頭，「對不起，我愛妳，對不起。」他哽咽說著。

我也哽咽的回應他，「我也對不起你。」我們都對不起彼此，扯平了。什麼都有的我們，在愛情裡卻沒有自信，因為我們不認為，愛情會發生在我們身上，所以愛情開了我們一個玩笑，用這麼多年的時間，教會我們什麼是愛情。

雖然很長，但好值得

他不知道什麼時候不再流淚了，冷冷在我的肩上說了這句，「妳是該對不起我，快把戒指還我。」

我推開他，他帶著笑容看著我，我差點又要哭了，「你會笑耶。」

「李培秀！」他還會生氣耶。我笑了笑，直接吻上他，他馬上氣消，什麼結婚戒指，那重要嗎？重要的人在這裡就好了。

接著，就是十八禁的事了。

隔天一早，我在他起床前就先離開。畢竟昨天也沒跟昊天說要回去哪，怕他和我媽擔心。我在凌晨六點回到了頂樓的住處，輕輕打開門，發現昊天居然沒回家，而是睡在地上。我超小聲放下東西，超小聲收拾行李，超小聲想要偷偷躲回床上去時……

「李培秀！」我生命中重要的男人，都很喜歡連名帶姓喊我。

我回頭一看，昊天已經坐起身，而且臉超臭，「妳給我過來。」他冷冷瞪著我，我只好坐到他的面前，聽他罵我、唸我半小時，「妳現在和何正一到底怎麼回事？和好了？」

「應該吧。」我乖巧回答。

「什麼應該，和好就和好，沒和好就沒和好，什麼叫應該？」

「上床了。」我說。

昊天差點沒被自己口水嗆死，「我不想知道這些。」他氣死了，「那你幹嘛問那麼多？」我說完，爬回床上，看到林冬梅小姐在棉被裡偷笑。我嚇了一跳，她急忙對我比了個噓。

然後昊天氣得又繼續罵我，「妳可不可以不要再讓我擔心妳？一下離婚，現在又和好？允揚哥跟我說的我又聽不懂，妳可不可以懂事一點？妳和媽可以讓我少操心一點嗎？昨天晚上媽跟陌生男子去吃飯，沒事先報備，我真的是會被妳們氣死！」

我拉起棉被，和我媽一起躲在裡面，兩個人偷笑，不理昊天的咆哮。我媽小聲地說：「妳和正一上床了？昨天？」她問得超自然。

我也只好自然的點頭，「妳昨天去約會？」她也點頭。「帥嗎？」我問。

「比你爸帥。」她說，我們又笑了出來。

「妳們還敢笑！」昊天的聲音又燃燒了起來。

他就一直唸，唸到我們睡著。但我沒有睡太久，很快又起來了，因為我想念我的咖啡店。在昊天和冬梅補眠時，我已經去到咖啡店，看著裡面所有的一切，笑了半小時。

「有什麼好笑的。」何正一氣呼呼的聲音在我身後出現。我轉過頭，給了他一個微笑，結果不管用，「妳走也不跟我說一聲？」

「反正會再回去啊。」我說。他頓時消氣，沒想到這句有效。

「但妳也要跟我說一聲，我可以送妳回去。妳自己一個人，而且還那麼早，我會擔心，妳知不知道。」

「你以前怎麼不擔心我？」我問。

「擔心啊。」他說：「只是不敢問，怕妳覺得煩，怕妳會覺得跟我過不下去，所以把對妳的感情藏在心裡，假裝跟原來一樣。我不想給妳壓力，因為為已經太多人給妳壓力了，我只希望我們的家是妳的避風港，我是妳的依靠。」

傻子，跟我一樣傻，都只會忍。

「我喜歡你問，你以後可以多關心我。」我說完，他就笑著把我拉進懷裡，說了一句，「對不起。」然後再補了一句，「我愛妳。」

「我知道。」我笑著說。

「那妳可以把妳告白錯人的那句我愛你，補還給我嗎？」不愧是生意人，真的很會計算。

「可以啊，但是你得先把我的戒指還給我。」

「是妳拿走我的，我又沒拿妳的。」他一副我搞不清楚狀況的表情。

然後，我花了三分鐘告訴他，我的結婚戒指是怎麼掉進那個噴水池，他嚇得嘴巴張得好大，「真的嗎？」

我用力點頭，「如果那戒指找不回來，你的戒指我只好沒收，它們是一對的。」

「不然，我們再結一次，再買一對新的結婚戒指？」

「我就是喜歡那個舊的。」我堅持，「因為那是你給我的第一樣東西。」

他感動的點點頭，「好，我一定會找到，到時候，我們再戴著那個戒指，再真的結一次婚。」

我點頭，「好。」

他開心的抱住我，我也開心的抱住他。

然後劉以晴就來湊鬧了，「當眾曬恩愛耶，這麼幸福，不先謝我嗎？」

我和正一放開彼此，但他的手還是牽著我的，有點不開心被打斷，「妳怎麼來了？」

「來點收大樓啊。」她說得一派輕鬆。

「這附近有什麼大樓嗎？」我有點好奇。

「沒啊，就這裡。」她笑笑說著，「嫂子，現在我是妳房東了耶，我可以盡情的虐待妳了。」

「妳敢？」何正一真的是很沒有幽默感，瘋話也在認真。我和劉以晴對看一眼，兩人只能搖搖頭。我放開何正一的手，想好好跟劉以晴說話，他馬上喊，「妳去哪？」

我有點沒好氣的說：「我要去兩步遠的地方。」他才冷靜一點。

我走向劉以晴，不明白的問著，「可是這裡明明是阿紫奶奶的房子，她賣給妳了？怎麼可能？」

「我就缺錢啊，怎麼不可能？」阿紫奶奶垂頭喪氣走了進來，對我說：「還不是妳，害我找錯人了，我現在得要重找。天帝給我新的線索是在南方，所以我要去南部了，這房子不賣掉留著幹嘛？」何正一和劉以晴不懂阿紫奶奶在講什麼，我也不懂，只是我挑重點聽，阿紫奶奶要去南部了！

我完全不捨，「阿紫奶奶，妳真的要離開我們？」

「妳們都找到另一半了……」阿紫奶奶瞪了何正一一眼，「雖然我不知道這個臭臉是不是，反正妳就自求多福啦，畢竟妳改過名字。但我看他的面相，應該可以啦，不是早死的臉。」

「阿紫奶奶！」我沒好氣的喊。

「好啦，不說了啦，我要走了，我會常回來的啦，反正用飛的很快，妳們好好照顧自己，有事打手機給我。」

「妳現在就要走？等等茉莉她們就上班了。」我拉著阿紫奶奶，還是不捨。

「我就是不想哭啊。」但阿紫奶奶哽咽了，我上前擁抱了她，「說好了，我們想妳的時候，妳一定要馬上飛回來。」

阿紫奶奶拍拍我的背，「好。」

阿紫奶奶把手上的文件交給劉以晴後，不准我送她出去，就瀟灑離開。但她一走，我還是追了出去，就算是送送她的背影也好。可是才短短幾秒，就連阿紫奶奶背都看不見了，不會是真的飛走了吧？

何正一和劉以晴走到我旁邊，「這奶奶怎麼瘋瘋的，在講什麼啊，我跟她簽約的時候，她很正常耶。」

「妳沒事買這裡幹嘛？」何正一有點不高興。

「我喜歡大嫂，我買這裡，隨時都可以看到她，不行嗎？」

「培秀是我太太。」

「我知道啊，我沒有要跟你搶太太，我只是要我大嫂啊！」

我不知道我怎麼突然那麼受歡迎，我沒有理他們兩個，轉身回咖啡店，準備開店，兩人又爭著要幫忙。不管我做什麼，兩個人都爭著要表現，連我發脾氣也不怕。

接著，我媽和阿美姨來了，變成四個人的戰爭。沒多久，昊天跟茉莉也來了，昊天加入，變成五個人的戰爭。海若和丁熒見裡頭這麼熱鬧，也趕緊進來。看著五個人搶著煮一杯咖啡，這種奇觀真的不是哪裡都看得見。

我趁著大家都在，說了阿紫奶奶的事。她們很意外，也很捨不得，但茉莉拉出了阿紫奶奶給她的平安符說：「沒關係，阿紫奶奶隨時都在我們身邊。」我都忘了，我們每人都有一個，我們看著自己的平安符，覺得阿紫奶奶其實沒有離開。

我們四人說說笑笑，咖啡店裡吵成了一團，但我的心裡好開心。

原來，幸福的模樣，就在我的眼前，過去那些是是非非，都成就了現在的我。何正一率先逃開那團吵鬧，走向了我，「我剛一定是瘋了，老婆在這裡，我在那裡幹嘛？」

我笑了笑，大方賞了他一個吻，「幸好你沒有繼續笨下去。」

「嗯，幸好沒有，真的很幸好。」他看著我，眼神裡面都是愛。明明之前也看過的，我卻沒有發現。

尾聲

一年後，我們一群人，聚到咖啡店裡過耶誕節，大家開開心心的，就只有何正一臭著一張臉，對著電話裡頭吵，「我不管，不可能會不見，馬上把那個噴水池給砸了，我就不信找不到。」

我嚇了一跳，急忙拉著何正一到外頭去，「你剛在講什麼？」

「就那個噴水池啊，我都拜託老闆讓我把水抽了，還是找不到妳的戒指，我打算拆掉，直接找，再重蓋一座新的還他。」

「不用到拆吧。」我真的是小看他的決心。

「當然得拆，不然妳又不嫁給我？都一年了。」

「嫁不嫁有什麼關係，我們這樣不是很好嗎？」

「哪裡好了，妳平日五天跟媽住，假日才能來住我家，以晴又特別煩妳，有時候還得跟茉莉她們搶妳。我分到妳的時間那麼少，而且，香港那裡的工作我都安排得差不多了，我接下來會直接留在台灣，妳還要我當週末老公嗎？反正我就是要找到那個戒指。」

「你就這麼想娶我？」

「廢話。」

「但是你之前可是說了，我只是你花錢買的女人耶。」我說。這個問題我一直不敢問，我怕他會說，那時候是啊。雖然是事實，但我可能也會踹他兩腳。這就是根刺。

「我說過嗎？」他居然自己都忘了，我只好好提醒他一次，他在哪裡說的，我是怎麼聽到的，然後他仔細想了好久，突然抬頭，「妳誤會了啦，妳只聽了一半！」

我差點沒嚇呆。

「其實那時候是妳母親打給我，她認為既然是利益聯姻，我就不應該管家裡的事，因為那時妳母親想進公司。但我認為那個位置應該留給昊天，所以跟爸說了聲，她就打來了。那句話應該是說，她是我的太太，妳不要以為她只是我花錢買回來的女人。是這樣啦。」他好好解釋了一次。

我對自己的小眼睛小鼻子感到丟臉，「對不起。」

「妳是對不起我。笨死了，不會早點問，不是約定好了，以後有事要直接說嗎？」

「好，那我直接說一件事，你不能生氣。」我說。

「不生氣。」他保證。

我從口袋裡拿出那個掉進噴水池的戒指，在他眼前戴上，他先是一愣，然後有點搞不清楚的感覺問我，「為什麼這戒指在妳這裡？」

我只好跟他坦承了，那天晚上其實我就把戒指找回去了。我偷偷摸摸，全身又髒又臭的回家洗完澡，才去找以晴的。

「妳用這種方式在考驗我嗎？」他表情有點嚴肅。

「說好不生氣的。」我說。

他走向我，二話不說拔掉我的戒指，「你幹嘛？不能扔！」

他突然單膝下跪，「李培秀小姐，妳願意嫁給我嗎？」用著那個老戒指。

我笑著伸出手，他深情地為我戴上，然後咖啡店裡的人全開心的衝了出來，一人給了我一朵玫瑰花，對我說著恭喜，我有點意外，大家都知道他今天要再跟我求婚嗎？不可能吧！他什麼都沒有準備啊。

昊天用手頂了頂何正一，笑說：「姊夫，我尊重你。」

這時，我明白了一切，看著何正一問：「什麼時候發現我找到戒指的？」

他笑著親了我一下，「和好的隔天。妳以為妳老公效率這麼差？當妳說要找到戒指才要結婚的時候，我馬上就去找了。找不到當然就調監視器啊，看到我的寶貝老婆當漁夫還滿有意思的。」

「你幹嘛不說？我還自己得意了那麼久。」

「我想給妳時間適應，自己也好好表現，我覺得今天剛好就是那一天了。」

「我愛你。」我打斷他，今天也是剛好可以這麼說的那一天了。

他笑著吻了我，「我終於聽到了。」

對的，終於，我們終於可以再好好幸福一次了。

【全文完】

·後記·

人生一如粉色泡沫

在我奶奶的觀念裡，結過婚總比沒結過好，離婚也比沒結過好，未婚生子也比沒結過好，對她來說，沒結婚這個選項，是女人的最慘的樣子。她每天都覺得我慘，因為好像是沒有人要的樣子。

即便她常說服自己，沒關係，女人有錢就好，可以照顧自己。但轉個身，走出我家大門，仍是那句不結婚以後怎麼辦，什麼二十四個比利，是二十五個我奶奶。一開始我覺得煩，到底單身、不結婚或還沒結婚這件事，為什麼街頭巷尾，甚至來家裡幫忙長照的阿姨都得知道。

我的人生，沒有私事這件事。

後來便罷，順其自然。不結婚這幾個字，我都說倦了。但長輩的關心和擔心永不會倦，那是支持他們過好每一天的力量，總是得要有事情操心。於是我告訴奶奶，為了讓她能有專注的目標，我只好一直這麼單身下去了，我就孝順。

我的朋友裡，要不是早婚，要不是不結婚，畢竟當妳開始大了，成長了，就會發現婚姻是一種你不願意戳它，但它卻自己會破滅的泡泡。有人咬牙繼續走，有人咬牙邊罵邊走，有人咬牙繼續吹泡泡。但其實，生活都得咬牙，不管妳到底有沒有結婚。

不管妳是不是書裡的培秀，我們都得帶著折舊的心情和身體往前走。其實後記我本來不想寫得這麼實際，也想說些鼓勵的話，但那不過又是另一個泡泡。無論如何，或許你覺得生活辛苦，但那些跟你擦身而過的人，又何嘗對人生感到幸福？

但至少，我們一定要記得怎麼笑。

雪倫

國家圖書館出版品預行編目資料

再說一次，我愛你。／雪倫著. -- 初版. -- 臺北市；商周，城邦文化出版；家庭傳媒城邦分公司發行，民 107.11
面 ； 公分. --（網路小說；282）

ISBN 978-986-477-568-2（平裝）

857.7 107019093

再說一次，我愛你。

作　　者／雪倫
企畫選書人／陳思帆
責任編輯／陳思帆

版　　權／翁靜如
行銷業務／李衍逸、黃崇華
總 編 輯／楊如玉
總 經 理／彭之琬
發 行 人／何飛鵬
法律顧問／元禾法律事務所　王子文律師
出　　版／商周出版
台北市中山區民生東路二段 141 號 9 樓
電話：(02) 2500-7008　傳眞：(02) 25007759
Blog：http://bwp25007008.pixnet.net/blog
Email：bwp.service@cite.com.tw
發　　行／英屬蓋曼群島商家庭傳媒股份有限公司城邦分公司
聯絡地址：台北市中山區民生東路二段 141 號 11 樓
書虫客服服務專線：(02) 25007718・(02) 25007719
24小時傳眞服務：(02) 25001990・(02) 25001991
服務時間：週一至週五09:30-12:00・13:30-17:00
郵撥帳號：19863813　戶名：書虫股份有限公司
讀者服務信箱 Email：service@readingclub.com.tw
城邦讀書花園網址：www.cite.com.tw
香港發行所／城邦（香港）出版集團有限公司
地址：香港灣仔駱克道 193 號東超商業中心 1 樓
Email：hkcite@biznetvigator.com
電話：(852)25086231　傳眞：(852) 25789337
馬新發行所／城邦（馬新）出版集團【Cité(M)Sdn. Bhd.】
41, Jalan Radin Anum, Bandar Baru Sri Petaling,
57000 Kuala Lumpur, Malaysia.
電話：(603) 90578822　傳眞：(603) 90576622

封面設計／山今伴頁
版型設計／鍾瑩芳
排　　版／游淑萍
印　　刷／高典印刷有限公司
總 經 銷／聯合發行股份有限公司
電話：(02) 2917-802　傳眞：(02) 2911-0053

■ 2018 年（民 107）11月8日初版　Printed in Taiwan

定價／250元

ISBN 978-986-477-568-2

商周出版

廣 告 回 函
北區郵政管理登記證
台北廣字第000791號
郵資已付，免貼郵票

104台北市民生東路二段 141 號 2 樓

英屬蓋曼群島商家庭傳媒股份有限公司　城邦分公司

請沿虛線對摺，謝謝！

商周出版

書號：BX4282　　**書名**：再說一次，我愛你。　　**編碼**：

請於此處用膠水黏貼

商周出版

讀者回函卡

感謝您購買我們出版的書籍！請費心填寫此回函卡，我們將不定期寄上城邦集團最新的出版訊息。

不定期好禮相贈！
立即加入：商周出版
Facebook 粉絲團

姓名：＿＿＿＿＿＿＿＿＿＿＿＿＿＿＿＿ 性別：☐男 ☐女

生日：西元＿＿＿＿＿＿年＿＿＿＿＿＿月＿＿＿＿＿＿日

地址：＿＿＿＿＿＿＿＿＿＿＿＿＿＿＿＿＿＿＿＿＿＿

聯絡電話：＿＿＿＿＿＿＿＿＿＿ 傳真：＿＿＿＿＿＿＿＿＿＿

E-mail：

學歷：☐ 1. 小學 ☐ 2. 國中 ☐ 3. 高中 ☐ 4. 大學 ☐ 5. 研究所以上

職業：☐ 1. 學生 ☐ 2. 軍公教 ☐ 3. 服務 ☐ 4. 金融 ☐ 5. 製造 ☐ 6. 資訊
☐ 7. 傳播 ☐ 8. 自由業 ☐ 9. 農漁牧 ☐ 10. 家管 ☐ 11. 退休
☐ 12. 其他＿＿＿＿＿＿＿＿＿＿＿＿＿＿＿＿

您從何種方式得知本書消息？

☐ 1. 書店 ☐ 2. 網路 ☐ 3. 報紙 ☐ 4. 雜誌 ☐ 5. 廣播 ☐ 6. 電視
☐ 7. 親友推薦 ☐ 8. 其他＿＿＿＿＿＿＿＿＿＿＿＿

您通常以何種方式購書？

☐ 1. 書店 ☐ 2. 網路 ☐ 3. 傳真訂購 ☐ 4. 郵局劃撥 ☐ 5. 其他＿＿＿＿

您喜歡閱讀那些類別的書籍？

☐ 1. 財經商業 ☐ 2. 自然科學 ☐ 3. 歷史 ☐ 4. 法律 ☐ 5. 文學
☐ 6. 休閒旅遊 ☐ 7. 小說 ☐ 8. 人物傳記 ☐ 9. 生活、勵志 ☐ 10. 其他

對我們的建議：＿＿＿＿＿＿＿＿＿＿＿＿＿＿＿＿＿＿＿＿

＿＿＿＿＿＿＿＿＿＿＿＿＿＿＿＿＿＿＿＿

＿＿＿＿＿＿＿＿＿＿＿＿＿＿＿＿＿＿＿＿

請於此處用膠水黏貼